文春文庫

朴念仁

新・秋山久蔵御用控（十四）

藤井邦夫

文藝春秋

目次

おもな登場人物

秋山久蔵　南町奉行所吟味方与力。〝剃刀久蔵〟と称され、悪人たちに恐れられている。心形刀流の遣い手。普段は温和な人物だが、悪党に対しては情け無用の冷酷さを秘めている。

神崎和馬　南町奉行所定町廻り同心。久蔵の部下。

香織　久蔵の後添え。亡き先妻・雪乃の腹違いの妹。

大助　久蔵の嫡男。元服前で学問所に通う。

小春　久蔵の長女。

与平　親の代からの秋山家の奉公人。女房のお福を亡くし、いまは隠居。

太市　秋山家の奉公人。おふみを嫁にもらう。

おふみ　秋山家の女中。ある事件に巻き込まれた後、秋山家に奉公するようになる。

幸吉　〝柳橋の親分〟と呼ばれた弥平次の跡を継ぎ、久蔵から手札をもらう岡っ引。

お糸　隠居した弥平次の養女で、幸吉を婿に迎えて船宿『笹舟』の女将となった。息子は平次。
弥平次　女房のおまきとともに、向島の隠居家に暮らす。
勇次　元船頭の下っ引。
雲海坊　幸吉の古くからの朋輩で、手先として働く托鉢坊主。ほかの仲間に、しゃぼん玉売りの由松、蕎麦職人見習いの清吉、風車売りの新八がいる。
長八　弥平次のかつての手先。いまは蕎麦屋『藪十』を営む。

この作品は「文春文庫」のために書き下ろされたものです。

朴念仁

新・秋山久蔵御用控（十四）

第一話

朴念仁

一

八丁堀岡崎町《はっちょうぼりおかざきちょう》には、南北奉行所の与力《よりき》・同心の組屋敷が連なっていた。

昼下がりの岡崎町に人通りは少なく、物売りの声が長閑《のどか》に響いていた。

前髪立ちの秋山大助《あきやまだいすけ》が書籍を包んだ風呂敷を腰に結び、通りを鼻歌混じりでのんびりと帰って来た。

岡崎町の秋山屋敷の表門前では、下男の太市《たいち》が掃除をしていた。

太市は、のんびり帰って来た大助に気が付き、笑顔で迎えた。

「お帰りなさい。大助さま……」

「太市さん。只今、帰りました」

大助は、太市に威勢良く挨拶をして潜《くぐ》り戸から秋山屋敷に入った。

秋山屋敷の前庭では、老下男の与平《よへい》が縁台に腰掛けて微風に吹かれていた。

「与平の爺ちゃん、今、帰りました」

大助は、耳の遠くなった与平に大きな声を掛けた。

与平は、大助に気が付いてにっこりと笑い、縁台から立ち上がろうとした。

「あっ、そのまま、そのまま……」

大助は、慌てて与平を腰掛けさせた。

「大助さまは、いつも優しい良い子ですねえ」

与平は、嬉し気に笑った。

「そうでもないよ」

大助は照れた。

「いいえ。大助さまは幼い時から賢くてお優しい子です。いつでしたか、爺が悪い遊び人に突き飛ばされて倒れた時、大助さまは木刀《ぼくとう》で悪い遊び人の脛《すね》を叩いて爺を助けてくれました」

与平は、嬉しそうに告げた。

「え、そんな事、あったかな……」

大助は、与平の惚けに幻覚が混じるようになったのが哀しくなった。

「昔の事、大助さまが五歳ぐらいの時の事ですよ」

太市が笑った。

「え、本当にあった事なんですか……」

大助は戸惑った。

「ええ。与平さんの云う通り、擦《す》れ違った与平さんを突き飛ばした遊び人に、大助さまがうちの爺ちゃんに何をするって怒鳴り、向う脛を木刀で打ち払いましてね……」

「そんな……」

太市は、懐かしそうに話した。

大助は眉をひそめた。

「五歳の幼子でも、木刀で向う脛です。遊び人、悲鳴を上げて倒れましてね……」

「遊び人、一人だったのですか……」

「いえ、仲間と一緒でしたが、丁度《ちょうど》、私が通り掛かりましてね」

太市は笑った。

「そうでしたか……」

大助は、安堵《あんど》を浮かべた。

「そうそう……」

与平は、笑顔で頷《うなず》いていた。

「何だか、俺の方が惚けているみたいだ」

大助は、首を捻《ひね》って呟《つぶや》いた。

「ええ……」

太市は苦笑した。

「そんな……」

大助は腐った。


大助は、己の座敷に入り、袴《はかま》と着物を脱ぎ棄て、着替えを始めた。

「兄上、お茶を……」

妹の小春《こはる》が茶を持って来た。

「おう……」

「もう。脱いだら、ちゃんと片付けなさいよ」

小春は、大助の脱ぎ散らかした袴と着物を片付け、畳み始めた。

大助は、小春の持って来た茶を飲み始めた。

「あれ、何か入っている……」

小春が、畳んでいた大助の着物の袂《たもと》から何かを見付けて出した。

「結び文だ……」

小春は、小さな結び文を出した。

「結び文……」

大助は、茶を飲み続けた。

「ええ。何かしら……」

小春は、結び文を解いて読み始めた。

「大助さま、お助け下さい……」

小春は眉をひそめた。

結び文には、女文字の走り書きがあった。

「何、これ……」

小春は、大助に結び文を渡した。

「大助さま、お助け下さい……」

大助は、結び文を読んで戸惑いを浮かべた。

「ねえ、誰からの結び文なの……」

小春は尋《たず》ねた。

「さあ、なあ……」

大助は首を捻った。

「覚えがないの……」

「ああ……」

「でも、大助さまって書いてあるのよ。兄上宛なのよ」

小春は呆れた。

「そんな事、云われてもな……」

大助は困惑した。

「分かった。父上にお報《しら》せするわ」

小春は、大助の手から結び文を取った。

「父上がいるのか……」

「ええ。今日は非番ですから……」

小春は、結び文を持って出て行った。

「待て、俺も行く……」

大助は、湯飲茶碗を置いて慌てて続いた。


南町奉行所吟味方《ぎんみがた》与力の秋山久蔵《きゅうぞう》は、結び文を一読して大助を見た。

大助は、思わず首を竦《すく》めた。

「此の結び文が大助の着物の袂に入っていたのか……」

「はい……」

小春は頷いた。

「大助、此の結び文、誰からの物か分かっているのか……」

「いいえ……」

「ならば、何処《どこ》で入れられたのかは……」

「分かりません……」

大助は、申し訳なさそうに告げた。

「文字は女文字だが、心当たりは……」

「ありません……」

「何も分からないのか……」

久蔵の声音に厳しさが滲《にじ》んだ。

「いえ。あの。はい……」

大助は狼狽《うろた》え、項垂《うなだ》れた。

「兄上、結び文を読む限り、兄上とは親しそうですが、そんなおなごに心当たりは……」

小春は読み、尋ねた。

「おなごなあ……」

大助は困惑した。

「もう。朴念仁《ぼくねんじん》なんだから……」

小春は苛立《いらだ》った。

「小春、太市を呼べ……」

久蔵は命じた。

「は、はい……」

小春は、久蔵の座敷から出て行った。

「大助、本当に何の心当たりもないのだな」

「はい……」

「今日、学問所の帰り、何処に寄った……」

「何処って……」

「覚えていないのか……」

久蔵は眉をひそめた。

「いえ。覚えております。ですが……」

大助は焦った。

「御用ですか、旦那さま……」

太市がやって来た。

「太市、此れを見てくれ……」

久蔵は、太市に結び文を見せた。

太市は、黙読して緊張を滲ませた。

「大助の袂にいつの間にか入っていたそうだ」

「いつの間にか……」

太市は、大助を窺《うかが》った。

「ええ……」

大助は頷いた。

「ならば、何処の誰からの物かは……」

太市は眉をひそめた。

「分からないそうだ。そこでだ太市、御苦労だが、大助と学問所からの帰り道を辿《たど》ってみてくれ」

久蔵は命じた。

「心得ました……」

太市は頷いた。

「大助、聞いての通りだ。早々に着替えろ」

「はい……」

大助は、弾かれたように立ち上がった。


神田川《かんだがわ》は西日に煌《きら》めいた。

湯島《ゆしま》の学問所は、既にすべての講義を終えて門を閉じていた。

太市と大助は、学問所の門前に立った。

「さあて、講義が終わってどうしました」

太市は、大助に尋ねた。

「はい。机を並べている夏目倫太郎《なつめりんたろう》と云う奴と此処《ここ》を出てから……」

大助は、門前から辺りを眺めた。

神田川沿いの道には、様々な人が行き交っていた。

「ああ。満腹屋《まんぷくや》に行きました」

大助は、思い出して笑った。

「満腹屋……」

「ええ。盛りが良くて安い一膳飯屋です」

「一膳飯屋ですか……」

「ええ。こっちです」

大助は、神田川に架かっている昌平橋《しょうへいばし》に向かった。

太市は続いた。


一膳飯屋『満腹屋』は、晩飯時前で客はいなかった。

太市と大助は、隅《すみ》に座って店内を見廻した。

店内は古く、安っぽい作りだった。

「学問所を出て、夏目倫太郎さまと此処に来たのですね」

「うん。で、浅蜊《あさり》のぶっ掛け飯を食べた」

大助は頷いた。

「大助さま、今日、弁当は……」

「勿論《もちろん》、食べたよ……」

大助は、事も無げに云い放った。

「いらっしゃい。何にします」

老亭主がやって来た。

「うん。俺は浅蜊のぶっ掛け。太市さんは……」

「私は茶漬けを……」

「浅蜊のぶっ掛けと茶漬け、ちょいとお待ちを……」

老亭主は、板場に戻った。

「店の者はあの亭主だけですか……」

「忙しい時は、婆さんもいるけど……」

「結び文を書いたと思われる女の奉公人なんかは……」

「いなかったかな……」

大助は、店や板場を見廻した。

板場には老亭主しかいなく、女っ気は感じられなかった。

「そうらしいですねえ……」

太市は頷いた。


太市と大助は、一膳飯屋『満腹屋』を出た。

「で、これからどうしました……」

太市は訊いた。

「はい。三味線堀《しゃみせんぼり》の屋敷に帰る倫太郎と此処で別れ、昌平橋を渡って……」

大助は、昌平橋に向かった。

太市は続いた。


神田川には猪牙舟《ちょきぶね》の櫓《ろ》の軋《きし》みが響いていた。

大助は、神田川に架かっている昌平橋を渡り、神田八つ小路に出た。

太市は続いた。

大助は、昌平橋の南詰に佇《たたず》み、神田八つ小路を見廻した。

神田八つ小路の隅には露店が出ており、多くの人が行き交っていた。

「で、満腹屋から昌平橋を渡り、神田須田町《すだちょう》の通りに真っ直ぐ進んだのですか……」

太市は、神田八つ小路から八丁堀に行く時に皆が使う道筋を進んだのか訊いた。

「ええ。いつもはそうなんですが、今日の昼間は、あそこに蝦蟇《がま》の膏《あぶら》売りの大道芸人が出ていましてね」

大助は、連雀町《れんじやくちよう》口の傍にある大名屋敷の土塀沿いを指差した。

大名屋敷の土塀の傍には、既に蝦蟇の膏売りはいなかった。

「見物したんですか……」

「ええ。見物人が大勢いましてね」

大助は笑った。

「その見物人の中に知り合いはいなかったんですか……」

「いなかったと思うけど……」

大助は首を捻った。

「そうですか。で、蝦蟇の膏売りを見物して、須田町の通りに進んだのですか……」

「ええ……」

「じゃあ、行ってみましょう」

太市は促《うなが》した。

「はい……」

太市と大助は、神田八つ小路を横切って神田須田町の通りに進んだ。

神田須田町の通りは日本橋に続き、多くの人が行き交っていた。

大助と太市は、辺りを窺いながら日本橋に向かった。

「で、此の通りで何処かに寄ったとか、知り合いに逢ったとかは、ありませんでしたか……」

「そいつは、ありません。うん……」

大助は、己の言葉に頷いた。

「じゃあ、此の通りで立ち寄る店なんかはありませんか……」

大助は覚えていなくても、相手が覚えている事もある。

「立ち寄る店ですか……」

「ええ……」

「それなら、室町《むろまち》三丁目の浮世《うきよ》小路《こうじ》に甘味処があるんですが、時々立ち寄ります……」

「甘味処……」

太市は眉をひそめた。

「ええ。そこの汁粉《しるこ》が美味《うま》いんですよ」

大助は、涎《よだれ》を垂らさんばかりにだらしなく相好《そうごう》を崩した。

「そうですか。で、今日は……」

「寄ろうと思ったんですが、店、閉まっていたんですよ」

「閉まっていた……」

「はい……」

大助は頷いた。

「そうですか。ま、行ってみましょう」

太市は、先を急いだ。

「はい……」

大助は続いた。

日本橋室町三丁目には呉服屋『京丸屋《きょうまるや》』があり、その角を曲がると浮世小路だ。

甘味処『桜《さくら》や』は、浮世小路に続く呉服屋『京丸屋』の板塀の途切れた処にあった。

「此処ですよ……」

大助は、雨戸の閉められた古い小さな甘味処『桜や』を示した。

「甘味処桜やですか……」

太市は、甘味処『桜や』を眺めた。

甘味処『桜や』は雨戸を閉め、静けさに覆われていた。

「ええ。で、今日は休みだったので、仕方がないので江戸橋に出て、南茅場町《みなみかやばちょう》から八丁堀に帰ったんですよ」

大助は、残念そうに告げた。

「大助さま、桜やを営んでいるのは、誰なんですか……」

「さあ、年寄り夫婦ですよ」

「若い女の奉公人はいませんでしたか……」

太市は尋ねた。

「若い女ですか……」

「ええ……」

「時々、いたかも知れませんが、良く覚えていないな……」

「そうですか……」

太市は、再び甘味処『桜や』を眺めた。

甘味処『桜や』は静かなままだった。

太市は、甘味処『桜や』の雨戸を叩いた。

「桜やさん。誰かいませんか、桜やさん……」

太市は、雨戸を叩いて呼び掛けた。

だが、甘味処『桜や』からは、誰の返事もなかった。

「誰もいないようですね……」

大助は、甘味処『桜や』を眺めた。

「裏に廻ってみます」

太市は裏口に廻った。

甘味処『桜や』の横手に路地があり、奥に裏口があった。

太市は、裏口の板戸を叩いた。

「すみません。桜やさん……」

太市は板戸を叩いた。

だが、やはり甘味処『桜や』から返事はなかった。

太市は、板戸を開けようとした。だが、板戸には錠が掛けられていて開かなかった。

「やっぱり留守ですね」

大助は、吐息を洩《も》らした。

「大助さま、此処を頼みます。ちょいと自身番《じしんばん》に行って来ます」

「は、はい……」

大助は戸惑った。

太市は、足早に立ち去った。

大助は、路地の入口に戻り、甘味処『桜や』の店先の縁台に腰掛けて浮世小路を眺めた。

浮世小路の先には西堀留川があり、架かっている雲母橋《きらずばし》には人が行き交っていた。

大助は、雲母橋を眺めながら大欠伸《あくび》をした。

「甘味処の桜や……」

自身番の店番《たなばん》は眉をひそめた。

「ええ。年寄りの夫婦が営んでいると聞きましたが、名前を教えて貰えませんか……」

太市は尋ねた。

「桜やの旦那とおかみさんの名前……」

「はい……」

「お前さん、何処の誰だい……」

店番は、面倒そうに太市を見詰めた。

「あっ、申し遅れました。あっしは八丁堀の秋山久蔵の家の者でして……」

「八丁堀の秋山久蔵って南町奉行所の秋山久蔵さま……」

店番は、太市に怯《おび》えた眼を向けた。

「はい。太市と申します」

「桜やの旦那とおかみさんの名前でしたね」

店番は慌てた。

「はい……」

「旦那は鶴吉《つるきち》さん、おかみさんはおまささんですよ……」

「奉公人はいないようですが……」

「はい。いませんが、時々、孫娘ってのが手伝いに来ているようですよ」

「孫娘ですか……」

太市は訊き返した。

「ええ。十五、六歳の娘さんですよ」

「名前、分かりますか……」

「名前……」

「ええ……」

「確かおみよだったと思いますが……」

店番は首を捻り、自信なさげに告げた。

「おみよ……」

「はい。あの、桜やさん、何か……」

「今日、店は休みのようですが、どうしてか分かりますか……」

「さあ。どうしたんですかねえ……」

店番は知らなかった。

「そうですか、じゃあ……」

太市は、店番に礼を云って甘味処『桜や』に向かった。


夕暮れ時が訪れた。

呉服屋『京丸屋』は、手代や小僧、下男たちが店仕舞いを始めた。

太市と大助は、西堀留川の堀留から甘味処『桜や』を眺めていた。

「鶴吉さんにおまささんですか……」

大助は、甘味処『桜や』の老夫婦の名を知った。

「ええ。で、時々、店を手伝っているのが孫娘のおみよです」

太市は告げた。

「おみよ……」

大助は眉をひそめた。

「ええ。逢った覚えはありませんか……」

「さあ……」

大助は首を捻った。

その時、派手な半纏《はんてん》を着た男が通りから浮世小路に現れ、甘味処『桜や』の裏口に続く路地に入って行った。

甘味処『桜や』に来たのか……。

太市は、路地の入口に駆け寄った。

大助は続いた。

太市と大助は、路地を覗《のぞ》いた。

路地に派手な半纏を着た男はいなかった。

「太市さん……」

大助は、戸惑いを浮かべた。

「ええ……」

妙だ……。

太市は、甘味処『桜や』を厳しい面持ちで見詰めた。

陽は沈み、浮世小路は夕闇に覆われ始めた。

二

「それで、太市はその甘味処の桜やを見張っているのか……」

久蔵は、大助から事の次第を聞いて眉をひそめた。

「はい。何か妙だと……」

大助は、戸惑った面持ちで告げた。

「して、その派手な半纏を着た男は、留守の筈《はず》の桜やに入ったかもしれないのだな」

「はい……」

大助は頷いた。

太市は、派手な半纏を着た男に不審を抱いたのだ。

久蔵は読んだ。

「大助、その桜やの近くに大店《おおだな》はないかな」

久蔵は、厳しさを過《よぎ》らせた。

「それなら、浮世小路の入口に京丸屋って呉服屋がありまして。甘味処の桜やは、その裏側にあります」

大助は報せた。

「呉服屋京丸屋……」

「はい……」

「よし、大助、和馬《かずま》と柳橋《やなぎばし》の処に走り、雲母橋に来てくれと伝えてくれ」

「心得ました。では……」

大助は、足早に出て行った。

「旦那さま……」

妻の香織《かおり》が入って来た。

「香織、出掛ける……」

久蔵は立ち上がった。

「はい。では、急ぎ御仕度を……」

香織は微笑《ほほえ》んだ。


西堀留川に月影は揺れた。

太市は、浮世小路にある甘味処『桜や』を見張り続けていた。

派手な半纏を着た男は、路地の奥に消えたまま出て来る事はなかった。

「どうだ……」

久蔵は、浪人姿の南町奉行所定町廻《じょうまちまわ》り同心の神崎《かんざき》和馬と一緒に来た。

「旦那さま。和馬の旦那……」

太市は、微かな安堵を過らせた。

「派手な半纏を着た野郎、甘味処の桜やに入ったままなのか……」

「はい……」

太市は頷いた。

「して、桜やの裏が呉服屋の京丸屋なのだな」

久蔵は尋ねた。

「はい。そいつが気になりまして……」

太市は、甘味処『桜や』の隣の板塀に囲まれた大店を眺めた。

「秋山さま、ちょいと京丸屋を見て来ます」

和馬は告げた。

「うむ。そうしてくれ……」

久蔵は頷いた。

「じゃあ……」

和馬は、浮世小路を日本橋の通りに向かった。

「桜やは老夫婦が営んでいるのだな」

「はい。鶴吉さんとおまささん夫婦。奉公人はいなく、時々孫娘のおみよが手伝いに来ていたとか……」

「結び文、孫娘のおみよかな……」

久蔵は読んだ。

「それが大助さま、心当たりはないと……」

太市は告げた。

「太市、大助の奴、小春の云うように本当に朴念仁だな……」

久蔵は呆れた。

「ま、女の尻を追い廻しているより、良いじゃありませんか……」

太市は苦笑した。

「そりゃあ、そうだが。して太市、甘味処の桜やが店を閉めているのをどうみる」

「はい。派手な半纏を着た野郎共に押し入られ、店を閉めさせられているのかも……」

太市は読んだ。

「桜やに押し入ったのは、呉服屋の京丸屋に拘《かか》わりがあるか……」

久蔵は睨《にら》んだ。

「はい……」

太市は、緊張した面持ちで頷いた。

「俺もそう思う……」

久蔵は、太市に笑い掛けた。

「父上……」

大助が、岡っ引の柳橋の幸吉《こうきち》と下っ引の勇次《ゆうじ》を伴って西堀留川沿いの道からやって来た。

「おう。急に済まないな、柳橋の……」

久蔵は、幸吉と勇次を迎えた。

「いいえ。来る途中で大助さまから話はざっと伺《うかが》いましたが、盗賊ですかね」

幸吉は読んだ。

「ああ。甘味処の桜やは呉服屋京丸屋の裏だ。その辺りだろうな」

「呉服屋の京丸屋ですか……」

「ああ……」

「じゃあ、勇次。京丸屋の表に妙な事はないかをな……」

「京丸屋の表には和馬が行っている」

「和馬の旦那が。勇次、聞いての通りだ」

「はい。じゃあ、和馬の旦那の処に……」

勇次は駆け去った。

「よし。御苦労だった、大助。屋敷に戻って今晩は門番所に詰めていろ」

久蔵は命じた。

「えっ……」

「さ、行け……」

久蔵は促した。

「心得ました」

大助は、不服気な面持ちで八丁堀の屋敷に帰って行った。

太市は、気の毒そうに見送った。

「処で柳橋の、近頃、江戸で噂の盗賊はいないのかな」

「今の処は何も……」

「そうか……」

「明日にでも触れを廻してみます」

「うむ……」

久蔵は頷いた。

「旦那さま。親分……」

太市が、浮世小路の路地を示した。

派手な半纏を着た男が、路地から軽い足取りで現れた。

「昼間、入った野郎です」

太市は見定めた。

派手な半纏を着た男は、浮世小路から西堀留川沿いに進んだ。

久蔵、幸吉、太市は、物陰から見送った。

「追ってみますぜ」

幸吉は告げた。

「うむ。太市、柳橋とな……」

久蔵は、太市に命じた。

「心得ました。じゃあ、親分……」

「うん。じゃあ、秋山さま……」

「気を付けてな……」

久蔵は、派手な半纏を着た男を追う幸吉と太市を見送った。

「秋山さま……」

和馬がやって来た。

「どうだった……」

「今の処、呉服屋京丸屋に変わった様子はありませんし、見張っている者もいません。引き続き、勇次が見張っています」

「そうか……」

「で、こっちは……」

「昼間、桜やに入った派手な半纏の男が出て行き、柳橋と太市が追った」

「そうですか。それにしても、京丸屋に押し込もうって盗賊が裏の桜やに潜んでいるかもしれないとは……」

「和馬、そいつは未だ俺の勝手な睨みだ」

久蔵は苦笑した。

派手な半纏を着た男は、浜町堀を渡って両国広小路に向かっていた。

幸吉と太市は追った。

派手な半纏を着た男は、人気《ひとけ》のない両国広小路を横切り、神田川に架かっている柳橋に向かった。

「親分……」

柳橋の北詰には、幸吉と女房お糸《いと》の営む船宿『笹舟《ささぶね》』がある。

「ああ。願ったり叶ったりだ」

幸吉は笑った。

派手な半纏を着た男は、柳橋の南詰にある蕎麦屋『藪十《やぶじゅう》』の前を進んだ。

蕎麦屋『藪十』の主は、先代の柳橋の弥平次《やへいじ》の手先だった長八《ちょうはち》であり、幸吉の手先の清吉《せいきち》が働いている。

「太市、そのまま追ってくれ」

「承知……」

幸吉は、派手な半纏の男の尾行を太市に任せ、蕎麦屋『藪十』に走った。

幸吉は、蕎麦屋『藪十』に入った。

清吉が掃除をしていた。

「清吉……」

「こりゃあ、親分……」

「太市が蔵前の通りで派手な半纏野郎を追っている。直ぐに行け……」

「合点です」

清吉は、『藪十』から飛び出した。

「おう、幸吉の親分……」

主の長八が板場から出て来た。

「長さん、雲海坊《うんかいぼう》と由松《よしまつ》に繋ぎを取ってくれ」

幸吉は、雲海坊と由松を久蔵の許《もと》に走らせようとしていた。


派手な半纏を着た男は、蔵前の通りに出て浅草《あさくさ》に向かった。

太市は、暗がり伝いに追った。

「太市の兄い……」

清吉が追って来た。

「おう。清吉か……」

「野郎ですかい……」

派手な半纏を着た男の後ろ姿を示した。

「ああ……」

「代わります。退って下さい」

「頼んだ」

清吉は、太市と入れ替わって派手な半纏の男を尾行《つけ》た。

太市は、清吉を追った。

派手な半纏を着た男は新堀川を渡り、公儀の米蔵である浅草御蔵に差し掛かった。

清吉と太市は、派手な半纏を着た男を尾行た。

派手な半纏を着た男は、浅草御蔵を過ぎた角を東に曲がって大川に向かった。

太市は追った。

清吉は、浅草御蔵を過ぎた角に白い碁石を置いて続いた。

大川の流れは月明かりに輝いていた。

派手な半纏を着た男は、突き当りの大川にある御厩《おうまや》河岸に進んだ。

太市と清吉は尾行た。

派手な半纏を着た男は、御厩河岸を北に曲がって大川沿いの三好町に進んだ。

夜の三好町には、大川の流れの音が低く響いていた。

派手な半纏を着た男は、三好町にある板塀の廻された仕舞屋《しもたや》に入って行った。

太市と清吉は見届けた。

「誰の家ですかね……」

清吉は眉をひそめた。

「うん……」

太市は、板塀に囲まれた仕舞屋を眺めた。

「此処か……」

幸吉が、新八《しんぱち》を従えてやって来た。

「親分……」

太市は、戸惑いながらも幸吉と新八を迎えた。

新八が、白い碁石を清吉に渡していた。

幸吉たちは、尾行の行き先の目印に碁石を使っていた。

清吉は、曲がり角に白い碁石を置いて後から来る幸吉に行き先を報せたのだ。

「あの家ですよ」

太市は、板塀に囲まれた仕舞屋を示した。

「うん。よし、清吉、新八、見張っていろ」

幸吉は命じた。

「合点です」

清吉と新八は頷いた。

「太市、木戸番《きどばん》に此の家がどんな家か訊いてみるぜ」

「はい……」

幸吉と太市は、三好町の木戸番に向かった。


「ああ。御厩河岸の傍の板塀を廻した家ですか……」

木戸番は知っていた。

「ああ、誰の家ですかい……」

幸吉は尋ねた。

「あそこは潰れた料理屋でしてね。今は商人宿をやっていますよ」

「商人宿……」

「ええ。でも、客は少なく、余り儲《もう》かっちゃいないようですよ」

木戸番は笑った。

「そうか……」

「で、旦那は……」

太市は訊いた。

「長五郎《ちょうごろう》って中年の旦那でしてね。女将《おかみ》さんと女中や下男がいますよ」

太市は念を押した。

「長五郎って中年の旦那ですか……」

「ええ……」

木戸番は頷いた。

「じゃあ太市、此の事を秋山さまに……」

幸吉は告げた。

「はい。じゃあ……」

太市は、幸吉に会釈をして久蔵のいる浮世小路に急いだ。

幸吉は見送った。

「親分さん、長五郎さんが何か……」

「いや。そうだ、あの商人宿に派手な半纏を来た男が出入りしているようだが、誰か知っているかな」

　幸吉は訊いた。

「派手な半纏を着た男ですか……」

　木戸番は首を捻った。

「そうか。知らないか……」

　幸吉は眉をひそめた。


　浮世小路に人通りは途絶え、西堀留川の小波《さざなみ》が岸辺を打つ小さな音が聞こえていた。

　久蔵、和馬、勇次、駆け付けて来た雲海坊と由松は、呉服屋『京丸屋』と甘味処『桜や』を見張り続けた。

　太市が駆け戻って来た。

「して、どうだった……」

「はい、派手な半纏を着た男は、御厩河岸の傍の三好町の潰れた料理屋の商人宿に入って行きました」

太市は報せた。

「三好町の商人宿……」

久蔵は眉をひそめた。

「はい。商人宿の主は長五郎と云う中年男で、女将さん、女中、下男がいるそうです」

「長五郎か……」

「はい。で、幸吉の親分が見張り始めました」

太市は告げた。

「そうか……」

久蔵は頷いた。

寺の鐘の音が夜空に響いた。

亥《い》の刻四つ（午後十時）の鐘の音だ。

「亥の刻四つですか……」

和馬は眉をひそめた。

「うむ……」

「甘味処の桜やに踏み込んでみますか……」

和馬は、久蔵の出方を窺った。

「いや。主夫婦の鶴吉とおまさの身に何かあっては拙《まず》い。良く見定めてからだ」

久蔵は、甘味処『桜や』を見詰めた。

「はい。ならば、桜やの様子を詳しく探ってみますか……」

和馬は告げた。

「うむ……」

久蔵は頷いた。

和馬は、由松を従えて甘味処『桜や』の裏から庭に忍び込んだ。

甘味処『桜や』の庭は狭く、垣根の向こうには呉服屋『京丸屋』の板塀があった。

和馬と由松は、母屋の閉められた雨戸に忍び寄り、中の様子を窺った。

母屋の中は静けさに満ちていた。

「さあて、どうします……」

由松は、和馬の出方を窺った。

「良い手はあるか……」

「やってみますか……」

由松は、薄笑いを浮かべて小石を雨戸に投げ付けた。

小石は、雨戸に当たって小さな音を鳴らした。

和馬と由松は、物陰に隠れて見守った。

雨戸が僅《わず》かに開けられ、若い男が顔を出して庭を見廻した。

「どうだ、猪吉《いきち》……」

猪吉と呼ばれた若い男の後から浪人が出て来た。

「別に変わった処はありませんが、ちょいと見て来ます」

猪吉は庭に下り、垣根の奥の呉服屋『京丸屋』の板塀に近付いた。

和馬と由松は見守った。

猪吉は、垣根越しに板塀を触って見廻した。

「変わった事はないか……」

浪人は尋ねた。

「横塚《よこづか》の旦那、大丈夫ですぜ」

猪吉は、横塚と呼んだ浪人のいる縁側に戻った。

「きっと猫でも通ったんでしょう」

猪吉は笑った。

「ま、そんな処だろう。何事も明日だ。早く入って、雨戸を閉めろ」

横塚は命じた。

「へい……」

猪吉は、家に入って雨戸を閉めた。

「和馬の旦那……」

由松は、緊張を滲ませた。

「ああ……」

和馬は、喉を鳴らして頷いた。

甘味処『桜や』は、再び静寂に沈んだ。


「猪吉と浪人の横塚か……」

久蔵は、冷笑を浮かべた。

「はい。見定めたのは二人だけですが、他にもいるかもしれません。引き続き由松が見張っています」

和馬は、厳しい面持ちで報せた。

「そうか。して、猪吉が京丸屋の板塀を検《あらた》めたのだな」

「はい。奴らが盗賊だとしたら、裏の板塀に何か細工をして、そこから押し込むつもりなのかもしれません」

和馬は読んだ。

「うむ。おそらくそうだろうが。和馬、横塚は、何事も明日だと云ったのだな」

「はい……」

「明日、京丸屋に大金でも入るのかな……」

「かもしれませんね」

和馬は頷いた。

「それならば、何故、それを知っているかだ」

久蔵は眉をひそめた。

「じゃあ……」

「京丸屋に盗賊一味の者がいるのかも知れぬな……」

「はい……」

「よし。勝負は明日。鶴吉とおまさにはもう少し辛抱して貰おう」

久蔵は、厳しさを滲ませた。

三

甘味処『桜や』は、久蔵、雲海坊、太市が見張った。そして、呉服屋『京丸屋』は、和馬と勇次が様子を窺った。

由松は、甘味処『桜や』の庭の隅に潜んで家を見守った。

御厩河岸傍の三好町の商人宿は、幸吉、清吉、新八の監視下に置かれていた。


夜が明けた。

日本橋の通りには、仕事に行く者が行き交い始めた。

久蔵は塗笠《ぬりがさ》を目深《まぶか》に被り、西堀留川に架かっている道浄橋の袂に佇んだ。

羽織を着た白髪髷《しらがまげ》の小柄な年寄りが、小舟町一丁目から出て来た。そして、道浄橋の袂に佇む久蔵に会釈をして通り過ぎようとした。

「京丸屋の大番頭の彦兵衛《ひこべえ》だね……」

久蔵は呼び掛けた。

「えっ……」

白髪髷の年寄りは、怪訝《けげん》な面持ちで立ち止まり、久蔵を見た。

「俺は南町奉行所の秋山久蔵って者だが……」

久蔵は、塗笠を上げて笑い掛けた。

「南町奉行所の秋山久蔵さま……」

彦兵衛は、久蔵の名を知っていたらしく小さく緊張した。

呉服屋『京丸屋』の大番頭の彦兵衛は、小舟町の家から店に通っていた。

「ああ。ちょいと訊きたい事がある」

「は、はい……」

「今日、京丸屋に纏《まと》まった金が入るのか……」

久蔵は、小声で尋ねた。

「秋山さま……」

彦兵衛は驚き、怯えを滲ませて久蔵を見詰めた。

「どうやら、そうらしいな……」

久蔵は苦笑した。

呉服屋『京丸屋』は、手代や小僧、下男たちが店を開ける仕度に忙しく働いていた。

和馬と勇次は、物陰から見守っていた。

「京丸屋を見張っているような奴はいませんね……」

勇次は、呉服屋『京丸屋』の周囲を見廻しながら告げた。

「うむ……」

和馬は頷いた。

大番頭の彦兵衛が現れ、手代や小僧と挨拶を交わして呉服屋『京丸屋』に入って行った。

「大番頭の彦兵衛だ……」

久蔵は現れ、教えた。

「彦兵衛ですか……」

「うむ。で、彦兵衛の話では、今日、さる大名家から五百両の金が入るそうだ」

久蔵は報せた。

「五百両……」

勇次は眼を丸くした。

「ならば、今日、京丸屋の金蔵には千両以上の金があってても不思議はないだろうな」

和馬は読んだ。

「うむ。どうやら、そいつが盗人の狙いのようだな」

久蔵は睨んだ。

呉服屋『京丸屋』の開店の仕度は続いた。


甘味処『桜や』は雨戸を閉めたままだった。

雲海坊と太市は、見張りを続けていた。

「今日も店は開けないようだな」

雲海坊は読んだ。

「ええ……」

太市は、甘味処『桜や』を不安気に見詰めていた。

「変わりはないか……」

久蔵がやって来た。

「はい……」

「旦那さま、鶴吉さんとおまささん夫婦、孫娘のおみよ、無事なんでしょうね」

太市は心配した。

「安心しろ。鶴吉たちは、押し込む前に踏み込まれた時の大事な人質。滅多な事はない筈だ」

久蔵は読んだ。

「はい……」

太市は頷いた。


甘味処『桜や』の庭の物陰に由松は潜み続けた。

裏口が開いた。

由松は、物陰から見守った。

裏口から十四、五歳の娘が出て来て井戸で水を汲《く》み始めた。

哀し気な面持ちで水を汲む娘は、店主の鶴吉とおまさ夫婦の孫のおみよ……。

由松は睨んだ。

おみよは、縋《すが》るような眼差しで路地の先の通りを一瞥《いちべつ》し、水を汲んだ手桶を持って裏口に戻って行った。

由松は見届け、路地から通りに走った。

「どうした……」

雲海坊は、駆け寄って来た由松を迎えた。

「はい。今、おみよが井戸で水を汲んで行きました」

「おみよが……」

雲海坊は眉をひそめた。

「はい。秋山さま……」

由松は頷いた。

「うむ。もう少しの辛抱だと伝えてやりたいものだな……」

久蔵は、眉をひそめた。


大川には様々な船が行き交った。

幸吉、新八、清吉は、板塀の廻された商人宿を見張っていた。

御厩河岸に猪牙舟が着き、瘦《や》せた初老の男が髭面《ひげづら》の浪人と船頭を従えて降りた。

幸吉、新八、清吉は、物陰で見守った。

瘦せた初老の男は、髭面の浪人と船頭を従えて板塀の廻された商人宿に入って行った。

「親分……」

新八は眉をひそめた。

「ああ。商人宿に泊まるような商人には見えないな……」

「ええ……」

「よし。新八、笹舟に走り、お糸に猪牙を借りて来な」

幸吉は、商人宿の者が舟で動く時の為に猪牙舟を用意する事にした。

「合点です」

新八は、柳橋の船宿『笹舟』に走った。

商人宿の木戸門が開き、派手な半纏を着た男が出て来た。

「親分、昨日の野郎です」

清吉は告げた。

「うん……」

幸吉は頷いた。

派手な半纏を着た男は、御厩河岸の傍の道に向かった。

「よし。俺が追う。清吉、此処を頼む」

幸吉は告げた。

「合点です」

清吉は、喉を鳴らして頷いた。

幸吉は、派手な半纏を着た男を追った。

数人の羽織袴の武士が挟箱を担いだ二人の小者を従え、呉服屋『京丸屋』に入って行った。

「和馬の旦那……」

勇次は、緊張を過らせた。

「ああ。さる大名家の勘定方が五百両を持って来たようだな」

和馬は読んだ。

「旦那……」

勇次が、やって来た派手な半纏を着た男を示した。

「昨日の野郎ですね」

「うん……」

和馬と勇次は、派手な半纏を着た男を見守った。

派手な半纏を着た男は、呉服屋『京丸屋』を窺い、斜向《はすむ》かいの路地に入った。

「野郎、京丸屋を見張るつもりですぜ」

「ああ……」

和馬は頷いた。

「和馬の旦那、勇次……」

幸吉がやって来た。

「柳橋の。野郎を追って来たのか……」

和馬は読んだ。

「ええ。野郎のいた御厩河岸の商人宿に痩せた初老の男が来ましてね。そして、派手な半纏の野郎が此処に来たって訳ですよ」

幸吉は、物陰にいる派手な半纏を着た男を見据えながら告げた。

「痩せた初老の男か……」

和馬は眉をひそめた。

「ええ……」

幸吉は頷いた。

呉服屋『京丸屋』から大名家の家臣と小者たちが、彦兵衛たち番頭や手代に見送られて出て来た。

大名家の家臣と小者たちは帰って行った。

彦兵衛たちは店に戻った。

手代の一人が辺りを見廻し、掃除を始めた。

派手な半纏を着た男は、店の前に他の奉公人がいないのを見定め、手代に近寄った。

手代は、掃除をしながら派手な半纏の男と言葉を交わした。

派手な半纏の男は頷き、薄笑いを浮かべて浮世小路に向かった。

「繋ぎを取りましたぜ」

勇次は告げた。

「ああ。あの手代が盗賊の手引きか……」

和馬は見定めた。

「ええ……」

幸吉は頷いた。

手代は、掃除を終えて店に戻って行った。

「よし、勇次、手代から眼を離すな」

和馬は、勇次に命じた。

「はい……」

勇次は頷いた。

「じゃあ、柳橋の……」

和馬は、幸吉を促し、派手な半纏を着た男を追って浮世小路に急いだ。

派手な半纏を着た男は、甘味処『桜や』の裏口に続く路地に入って行った。

久蔵、雲海坊、太市は見守った。

派手な半纏を着た男は、辺りを油断なく見廻して『桜や』の裏口の板戸を叩いた。

三度、一度、三度、一度……。

派手な半纏を着た男は、拍子を取って板戸を叩いた。

「松吉《まつきち》か……」

板戸の中から猪吉の声がした。

「ああ。松吉だ……」

板戸が開き、猪吉が顔を見せた。

松吉が素早く入った。

猪吉は板戸を閉めた。

奥の庭の物陰から由松が現れた。


「御厩河岸の商人宿に来た痩せた初老の男、そいつが盗賊の頭だな……」

久蔵は睨んだ。

「きっと……」

幸吉は頷いた。

「で、京丸屋の内情を報せていた手引き役は手代だったか……」

「ええ。勇次が見張っています」

和馬は頷いた。

「秋山さま……」

由松が駆け寄って来た。

「派手な半纏野郎の名前は松吉、板戸を叩く合図は三度、一度、三度、一度です」

由松は報せた。

「旦那さま……」

太市が、路地を示した。

派手な半纏を着た松吉が現れ、軽い足取りで浜町堀に向かった。

「おそらく、御厩河岸の商人宿に帰るのだろう」

久蔵は読んだ。

「あっしが追って、盗賊の頭共を見張ります」

幸吉が告げた。

「よし。和馬、一緒に行ってくれ」

「心得ました。柳橋の……」

「はい。じゃあ……」

和馬と幸吉は、久蔵に会釈をして派手な半纏を着た松吉を追った。

「何処の田舎盗賊か知らねえが、此れ以上、江戸で嘗《な》めた真似はさせねえ……」

久蔵は、冷笑を浮かべた。

「じゃあ……」

雲海坊は眉をひそめた。

「ああ。桜やの鶴吉とおまさ、おみよに此れ以上、迷惑は掛けられねえ。踏み込むぜ」

久蔵は、不敵に云い放った。


久蔵は、勇次に手引き役の手代を秘かに捕らえるように命じた。

勇次は、手代を見張り、厠《かわや》に行った帰りを襲った。

「な、何をするんですか……」

手代は抗《あらが》った。

「手前が盗賊の手引き役だってのは、分かっているんだ」

勇次は、手代を十手で殴り飛ばした。

手代は、悲鳴を上げて倒れた。

勇次は、跳び掛かって捕り縄を打った。


甘味処『桜や』には、鶴吉おまさの主夫婦と孫娘のおみよを人質にして浪人の横塚と猪吉がいる。

「横塚と猪吉は俺が始末する。雲海坊、由松、太市は、とにかく鶴吉おまさ、それにおみよを無事に助け出すんだ」

久蔵は命じた。

「承知……」

雲海坊、由松、太市は、緊張に喉を鳴らして頷いた。

「よし、じゃあ、踏み込む……」

久蔵は、二尺程の長さの棒切れを拾って一振りした。

棒切れは鋭い音を鳴らした。


由松は、裏口の板戸を三度、一度、三度、一度と叩いた。

「誰だ……」

板戸の向こうから猪吉の探る声がした。

「俺だ。猪吉。早く開けろ……」

由松は急かした。

「今、開ける……」

猪吉が板戸を僅かに開けた。

由松が、板戸を勢い良く引き開けた。

「あっ……」

猪吉は驚いた。

刹那《せつな》、久蔵が現れ、猪吉の鳩尾《みぞおち》に棒切れを鋭く突き入れた。

猪吉は眼を瞠《みは》り、苦しく顔を歪《ゆが》めて気を失い、崩れ落ちた。

久蔵は踏み込んだ。

由松、雲海坊、太市が続いた。


久蔵は、居間に入った。

「な、何だ、手前は……」

浪人の横塚が驚き、刀を手にして立ち上がった。

雲海坊、由松、太市は、鶴吉、おまさ、おみよを探して家の中に素早く散った。

「南町奉行所の秋山久蔵……」

久蔵は、横塚の他に盗賊はいないと睨んだ。

「秋山久蔵……」

横塚は怯んだ。

「手前が横塚か……」

久蔵は、横塚を厳しく見据えた。

「おのれ……」

横塚は、刀を抜いた。

「何処の田舎盗人の手下だ……」

久蔵は、嘲《あざけ》りを浮かべた。


太市は、納戸の板戸を開けた。

納戸の中には、老爺《ろうや》と老婆、若い娘が縛られていた。

「鶴吉さんとおまささんか……」

太市は訊いた。

「はい……」

老爺は頷いた。

「それに、孫娘のおみよちゃんだね」

太市は、若い娘に笑い掛けた。

「はい……」

若い娘はおみよだった。

「もう大丈夫だ。旦那さま、鶴吉さんたちは、みんな無事です」

太市は叫び、鶴吉たちの縄を解き始めた。

「無事か……」

雲海坊が駆け付けて来た。


「どうやら、鶴吉たちは無事だったようだ」

久蔵は笑った。

「お、おのれ……」

横塚は、隣の座敷に後退《あとずさ》りしようとした。

由松が鼻捻《はなねじ》を手にして現れ、背後を塞いだ。

「神妙にしな……」

久蔵は苦笑した。

次の瞬間、横塚は障子と雨戸を蹴破って庭に飛び出た。

久蔵と由松は追った。

横塚は、庭の奥の垣根に駆け寄り、呉服屋『京丸屋』の板塀を押した。

板塀の一部分が外れた。

横塚は、板塀の向こうに逃げようとした。

板塀の向こうには、勇次がいた。

横塚は、思わず怯んだ。

「そこから京丸屋に踏み込む手筈か……」

久蔵は苦笑した。

横塚は狼狽えた。

「此れ迄だな……」

「黙れ……」

横塚は、久蔵に斬り掛かった。

久蔵は、素早く踏み込み、横塚に向かって棒切れを鋭く唸《うな》らせた。

横塚は、首筋を鋭く打ち据えられ、気を失って沈んだ。

勇次が、呉服屋『京丸屋』の裏庭から板塀の穴を潜って来て横塚に捕り縄を打った。

久蔵は、居間に戻った。

居間では、雲海坊と太市が鶴吉おまさ夫婦とおみよの世話をしていた。

久蔵が入って来た。

「旦那さま……」

太市が寄った。

「結び文の主か……」

久蔵は、それとなくおみよを示した。

おみよは、疲れ果てたおまさの介抱をしていた。

「はい。おみよです……」

太市は、小声で応じた。

「そうか……」

久蔵は小さく笑った。

四

甘味処『桜や』の鶴吉とおまさ夫婦と孫娘のおみよは、無事に助けられた。

盗人共は、甘味処『桜や』を占拠し、庭伝いに裏の呉服屋『京丸屋』に押し込もうとした。

甘味処『桜や』との間にある呉服屋『京丸屋』の板塀は、釘を抜くなど直ぐに外れる細工がされていた。

久蔵は、鶴吉おまさ夫婦と孫娘のおみよの世話を雲海坊と太市に任せ、横塚を厳しく責めた。


横塚は吐いた。

押し込みを企てた盗賊は、毘沙門《びしゃもん》の千吉《せんきち》と云う名であり、御厩河岸の商人宿に来た痩せた初老の男だった。

残る盗賊毘沙門一味は、頭の千吉の他に商人宿の主に納まっている小頭の長五郎、松吉、髭面の浪人、船頭の四人がいた。

頭の毘沙門の千吉を入れて五人……。

久蔵は、横塚と猪吉を大番屋の仮牢に入れ、由松と勇次を従えて御厩河岸に急いだ。

盗賊の毘沙門の千吉一味……。

久蔵は、御厩河岸傍の三好町にある板塀の廻された商人宿に駆け付けた。

商人宿は、既に和馬と幸吉、新八、清吉の見張りの許に置かれていた。

和馬と幸吉は、由松や勇次と交代して久蔵の許に集まった。

「桜やの老夫婦と孫娘、無事で何よりでした」

「良かったですね」

和馬と幸吉は喜んだ。

「うむ。もう遠慮は無用だ……」

久蔵は笑った。

「毘沙門の千吉ですか……」

和馬は、商人宿を眺めた。

「ああ。田舎盗賊が、押し込みに下手な小細工をしようとしたのが命取りだぜ」

久蔵は冷笑した。

「はい。して、商人宿には頭の千吉の他に商人宿の主の長五郎と松吉、髭面の浪人、船頭の四人がいますが、どうします」

和馬は、久蔵の指示を仰いだ。

「うむ。盗人は五人。こっちは七人、人数に不足はないか……」

久蔵は読んだ。

「はい……」

「よし。和馬と柳橋は新八と清吉を連れて表から踏み込みな。俺は由松や勇次と裏から行くよ」

「はい……」

「承知しました」

和馬と幸吉は頷いた。

「うむ。相手は薄汚ねえ外道だ。情け容赦は無用……」

久蔵は云い放った。


新八と清吉は、板塀の木戸門を潜って商人宿の格子戸の前に出た。

和馬と幸吉は続いた。

新八と清吉は、格子戸を開けようとした。

だが、格子戸には錠が掛けられているらしく開かなかった。

新八と清吉は、和馬を窺った。

和馬は促した。

新八と清吉は頷き、格子戸を蹴破った。

格子戸は、派手な音を立てて外れた。

和馬と幸吉は、土間に踏み込んだ。

「何だ……」

松吉と船頭が奥から出て来た。

「やあ。盗賊毘沙門の千吉一味の者だな。南町奉行所だ。神妙にお縄を受けろ」

和馬は怒鳴った。

「お、お頭……」

松吉と船頭は、身を翻《ひるがえ》して奥に逃げた。

新八と清吉は、松吉と船頭に跳び掛かった。

和馬と幸吉が続き、松吉と船頭を殴り飛ばした。

松吉と船頭は、激しく床に叩きつけられた。

新八と清吉は、松吉と船頭を殴り蹴飛ばし、素早く捕り縄を打った。

和馬と幸吉は、奥の座敷に向かった。

痩せた初老の男と髭面の浪人は、座敷から庭に下りて裏口に逃げた。

久蔵が由松と勇次を従え、行く手に現れた。

痩せた初老の男と髭面の浪人は怯み、立ち竦んだ。

「毘沙門の千吉だな……」

久蔵は笑い掛けた。

「お、お前は……」

「南町奉行所の秋山久蔵って者だ……」

「秋山久蔵……」

千吉は後退りした。

勇次と由松が取り囲んだ。

「千吉、何処の田舎盗人かしれねえが、年甲斐のない真似はするんじゃあねえ」

久蔵は苦笑した。

「くそっ……」

千吉は、長脇差を抜いた。

「馬鹿野郎……」

由松が飛び掛かり、千吉の長脇差を握る腕を抱え込んだ。

「は、放せ……」

千吉は抗った。
勇次が、抗う千吉を十手で打ちのめした。
千吉は、額から血を飛ばして沈んだ。
「神妙にしやがれ」
勇次は、倒れた千吉に捕り縄を打った。
髭面の浪人は、久蔵を見据えて進み出た。
「やる気かい……」
久蔵は、髭面の浪人を見据えた。
髭面の浪人は、久蔵に抜き打ちの一刀を放った。
久蔵は、跳び退いて躱《かわ》した。
髭面の浪人は踏み込み、尚も久蔵に猛然と斬り付けた。
久蔵は躱した。
次の瞬間、髭面の浪人は身を翻して逃げた。
和馬と幸吉が現れ、行く手を遮った。
髭面の浪人は立ち尽くした。
「好い加減にするんだな」

久蔵は笑った。

「おのれ……」

髭面の浪人は、久蔵に斬り掛かった。

久蔵は、抜き打ちの一刀を放ち、髭面の浪人の刀を弾き飛ばした。

髭面の浪人は怯んだ。

久蔵は、刀を峰に返して髭面の浪人の首の付け根を鋭く打ち据えた。

髭面の浪人は、気を失って倒れた。

勇次が、髭面の浪人に捕り縄を打った。

盗賊毘沙門の千吉一味はお縄になり、呉服屋『京丸屋』の押し込みは未然に始末された。


戌《いぬ》の刻五つ（午後八時）。

久蔵は、太市を従えて八丁堀岡崎町の秋山屋敷に戻った。

秋山屋敷の表門は、大助によって護られていた。

「お帰りなさい……」

大助は、緊張した面持ちで迎えた。

「うむ……」

久蔵は、大助を一瞥して屋敷に入って行った。

「御苦労さまです……」

太市は、大助に微笑んだ。

「いえ。太市さんこそ、御苦労さまでした。して、首尾は……」

「上首尾です」

「それは良かった」

大助は安堵した。

「仔細は後で……」

「はい……」

太市は、足早に久蔵を追った。

大助は、外に不審の無いのを見定め、潜り戸を閉めて閂《かんぬき》を掛けた。


久蔵は、太市を座敷に呼んだ。

座敷には、久蔵と太市の膳が仕度されていた。

「さ、手酌でやってくれ」

久蔵は、太市に勧め、己の猪口に酒を満たした。

「はい……」

太市は、手酌で猪口に酒を注いだ。

「いろいろ、御苦労だったな」

久蔵は、太市を労《ねぎら》った。

「一件落着、おめでとうございます」

太市は、祝いを述べた。

「うむ……」

久蔵は、猪口を掲げ、酒を飲み干した。

太市が続いた。

「一汗かいた後の酒は美味いな」

久蔵は、手酌で酒を飲み続けた。

「はい……」

太市も酒を飲んだ。

「太市、大助には厳しくな……」

久蔵は笑った。

四半刻（三十分）が過ぎた。

太市は、久蔵の座敷から己の膳を持って退出した。

台所では、香織が女中のおふみや小春と楽し気に笑いながら仕事をしていた。

「御馳走様でした……」

太市は、己の膳をおふみに渡した。

「御苦労さまでした。太市、お腹は空いていませんか……」

香織は心配した。

「大丈夫です」

太市は笑った。

「そうですか……」

「では、大助さまと交代します」

太市は告げた。

「御苦労さまです」

おふみと小春は会釈をした。

「太市、大助を宜しくお願いしますね」

香織は、太市に頭を下げて頼んだ。

「心得ました」

太市は頷き、台所から出て行った。


「御苦労さまでした。交代します。どうぞ、お引き取り下さい」

太市は、大助を労った。

「うん。変わった事はありませんでした」

大助は報せた。

「はい……」

太市は頷いた。

「で、太市さん、桜やは……」

大助は、心配そうに尋ねた。

「主の鶴吉さんとおまささん、それに孫娘のおみよちゃん、疲れ果てていましたが、怪我もなければ、命に別状もありませんよ」

太市は報せた。

「良かった。で、結び文、やっぱり、おみよですか……」

大助が尋ねた。

「はい。浪人の横塚と猪吉が押し込んで来た時、御品書を書いていて、咄嗟《とっさ》に大助さまを思い出して結び文を書いたそうです……」

「そうですか……」

「で、いつも未《ひつじ》の刻八つ（午後二時）頃、学問所の帰りに寄る大助さまに密かに渡そうとしたのですが、横塚と猪吉は桜やを閉めてしまい、おみよは猪吉と買い物に出て、大助さまと擦れ違い、その時……」

「俺の袂に結び文を入れたのですか……」

大助は読んだ。

「ええ。ですが、大助さまはおみよに気が付かずに通り過ぎて行ったそうです」

太市は、小さく笑った。

「そうですか……」

大助は、淋し気に苦笑した。

「ええ……」

「太市さん……」

大助は、太市を見詰めた。

「はい……」

「俺、正直に云って、今でもおみよの顔、思い出せないんです」

大助は、困惑を浮かべた。

「そうですか……」

「うん……」

「ま、おみよちゃんは毎日、桜やを手伝っていた訳じゃあなく、時々ですから、大助さまが覚えていなくても、仕方がありませんよ」

太市は頷いた。

「そうですよね。仕方がありませんよね」

大助は、微かな安堵を滲ませた。

「ええ。大助さまは決して朴念仁じゃありませんよ」

太市は笑った。

「そうですよね。俺、朴念仁じゃあないよね」

大助は、嬉し気に太市を見詰めた。

「ええ……」

太市は、笑顔で頷いた。

「良かった……」

大助は、満面に安堵を浮かべた。

夜廻りの木戸番の打つ拍子木の音が甲高く響いた。


翌朝、大助は湯島の学問所に向かった。

大助は、書籍などを包んだ風呂敷を腰に結び、日本橋川に架かる江戸橋を渡り、西堀留川沿いを浮世小路に進んだ。

浮世小路の甘味処『桜や』は、雨戸を閉めていた。

開店迄、未だ刻はある。

帰りだ……。

大助は、甘味処『桜や』の前を通って日本橋の通りに進んだ。


昼が過ぎ、未の刻八つ頃になった。

大助は、日本橋の通りを足早に帰って来て呉服屋『京丸屋』の角を曲がり、浮世小路に入った。

浮世小路の甘味処『桜や』は、店を閉めたままだった。

大助は、戸惑った面持ちで甘味処『桜や』の前に佇んだ。

「桜やは店仕舞いだそうだ……」

大助は、背後からの声に振り返った。

塗笠を被った久蔵が、着流し姿でいた。

「父上……」

「鶴吉とおまさは桜やを店仕舞いし、神楽坂《かぐらざか》の倅《せがれ》夫婦、おみよの両親に引き取られる事になった」

久蔵は報せた。

「そうですか……」

大助は落胆した。

「ま、桜やより美味い汁粉を食わせる甘味処を探すのだな」

久蔵は苦笑し、歩き出した。

「いえ。もう、甘味処には行きません」

大助は、久蔵に続いた。

「そうか……」

久蔵は苦笑した。

「はい。二度と……」

大助は、力を込めて頷いた。

「朴念仁か……」

久蔵は呟いた。

「えっ……」

「いや。ま、そいつも良いだろう……」

「はい……」

久蔵と大助は、西堀留川沿いの道を八丁堀に向かった。

西堀留川の緩やかな流れは、鈍色《にびいろ》に耀いていた。

第二話
持逃げ

一

南町奉行所定町廻り同心の神崎和馬は、下っ引の勇次に誘《いざな》われて神田連雀町に急いだ。

神田連雀町は日本橋から続く通りの最後にあり、神田八つ小路の近くにある。

勇次は、和馬を連雀町の仏具屋『念珠堂《ねんじゅどう》』に誘った。

「此処です、和馬の旦那……」

勇次は、仏具屋『念珠堂』を示した。

仏具屋『念珠堂』は大戸を閉めており、人は潜り戸から出入りしていた。

「仏具屋念珠堂か……」

和馬は、看板を一瞥して仏具屋『念珠堂』の潜り戸を潜った。

勇次は続いた。


中年の男の死体は、座敷の縁側の鴨居《かもい》からぶら下がり、ゆっくりと廻っていた。

和馬は見定めた。

「和馬の旦那……」

岡っ引の柳橋の幸吉が、和馬に声を掛けた。

「うん。柳橋の、下ろしてやりな」

和馬は告げた。

「はい。新八、清吉……」

幸吉は、新八と清吉を促した。

新八と清吉は、中年の男の死体を下ろして蒲団に横たえた。

和馬と幸吉は、死体に手を合わせた。

勇次、新八、清吉が続いた。

和馬は、死体を検めた。

中年男の首には、縊死《いし》の痕《あと》以外に傷や痣《あざ》はなかった。

「どうやら、首吊りに間違いはないようだな」

和馬は見定めた。

「そうですか……」

幸吉は頷いた。

「で、仏さん、念珠堂の旦那の喜左衛門《きざえもん》に相違ないんだな」

和馬は念を押した。

「それは、もう……」

幸吉は頷いた。

「そうか。して、何故の首吊りかな……」

和馬は眉をひそめた。

「そいつは、お内儀のおかよさんに……」

「うむ……」

和馬は頷いた。


お内儀のおかよは、旦那の喜左衛門の遺体に手を合わせて啜《すす》り泣いた。

手代は、背後に控えて俯《うつむ》いていた。

「おかよ、こんな時に申し訳ないが、少し話を聞かせて貰うよ」

和馬は告げた。

「はい……」

おかよは、喜左衛門の死体を見付けてから既に刻が過ぎているせいか、それ程に取り乱しもせずに涙を拭って頷いた。

「旦那の喜左衛門が何故に首を括《くく》ったのか心当たり、あるかな……」

和馬は尋ねた。

「はい。念珠堂は二年程前から商売が上手くいっておりませんでして、喜左衛門はあちらこちらから借金をして此処迄やって来たのです。それで、一年前に借りた三百両の返す期限になり、懸命に掻き集めたのですが……」

おかよは、吐息を洩らした。

「どうした……」

「はい。番頭の吉兵衛《きちべえ》が持ち逃げしたのです」

おかよは、哀し気に告げた。

「番頭が持ち逃げした……」

和馬は眉をひそめた。

「左様にございます」

「借金返済の為の三百両をか……」

「はい……」

「番頭の吉兵衛か……」

「はい。吉兵衛は先代の時からの番頭で喜左衛門も信用していたので、只々驚き、呆然とするだけで……」

おかよの声に涙が混じった。

「それで、借金は返せなくなったか……」

「はい。返せなければ、此の念珠堂を引き渡さなければならないので……」

おかよは、溢れる涙を拭った。

「それを悲観しての首吊りか……」

和馬は読んだ。

「きっと……」

おかよは頷いた。

「で、番頭の吉兵衛の家は何処だ……」

「神田花房町です」

控えていた手代が答えた。

「お前は……」

「は、はい。手代の宗吉《そうきち》にございます」

手代は名乗った。

「そうか、手代の宗吉か……」

「はい……」

「で、番頭の吉兵衛、家族は……」

「一人娘は五年前に嫁に行き、おかみさんのおさださんと二人暮らしです」

「そうか。で、番頭の吉兵衛、金を持ち逃げする前に何か云っていなかったか……」

「は、はい……」

宗吉は躊躇《ためら》い、言い淀《よど》んだ。

「何て云っていたのだ」

「念珠堂はもう駄目だ。幾ら金を注ぎ込んでも無駄だと……」

宗吉は、云い難《にく》そうに告げた。

「そうか……」

和馬は、幸吉を一瞥した。

「勇次、新八……」

幸吉は促した。

勇次は頷き、新八を伴って出て行った。

「して今朝、首を吊ったのか……」

和馬は、お内儀のおかよに尋ねた。

「はい。目を覚ますと……」

おかよは、喜左衛門を哀し気に見詰めた。

「そうか……」

和馬は、おかよを見詰めた。


神田花房町は、神田八つ小路と神田川を挟んだ処にある。

勇次と新八は、神田花房町の自身番に赴き、吉兵衛の家が何処か尋ねた。

「ああ。仏具屋念珠堂の番頭の吉兵衛さんの家なら知っていますぜ」

自身番の番人は、吉兵衛を知っていた。

「何処ですか……」

勇次と新八は、番人から吉兵衛の家の場所を聞いた。

番頭吉兵衛の家は、花房町の裏通りの路地奥にあった。

勇次と新八は、吉兵衛の家を訪れた。

新八は、吉兵衛の家の格子戸を叩いた。

家の中から返事はなかった。

「おさださん、お留守ですか……」

新八は、家の中に呼び掛けながら格子戸を開けようとした。しかし、格子戸は開かなかった。

「勇次の兄貴……」

新八は、勇次の指図を待った。

「ああ。裏口だ……」

勇次と新八は、裏口に向かった。

裏の板戸は開いた。

「おさださん、いませんか……」

勇次と新八は、薄暗い家の中に声を掛けた。

返事はなかった。

「兄貴……」

「うん……」

勇次と新八は、薄暗い台所の土間から家の中に上がった。


居間と座敷と台所の狭い家は薄暗かった。

勇次と新八は、居間や座敷を見て廻った。

おさだはいなかった。

「おさださん、何処に行ったんですかね」

「うん。吉兵衛が念珠堂の金を持ち逃げしたと、近所の人に知られ、いづらくなったのかもな……」

勇次は読んだ。

薄暗く狭い家には僅かな家具があり、片付けられ、掃除は行き届いていた。

「それにしても、綺麗なもんですねえ……」

新八は、家の中を見廻して感心した。

「うん……」

勇次は、微かな戸惑いを覚えた。

勇次と新八は、吉兵衛の家を出た。

中年のおかみさんが二人、お喋りを止めて勇次と新八を胡散《うさん》臭そうに見た。

「あっ。ちょいとお伺いしますが、おさださん、何処にお出掛けか知っていますか……」

勇次は、懐の十手を見せた。

「さあ、良く知らないけど、吉兵衛さんとおさださん、とっても良い人ですよ。ねえ……」

「ええ。親切で真面目な人たちで、悪い事なんかしませんよ」

二人のおかみさんは、不服そうに言い募った。

新八は、思わず身を引いた。

「そうですかい。じゃあ、その辺りの事を詳しく教えて貰えませんか……」

勇次は笑い掛けた。

月番の南町奉行所には、多くの人が出入りしていた。

中庭には木洩れ日が揺れていた。

「して、念珠堂の喜左衛門、首を括っての自害に間違いないのか……」

南町奉行所吟味方与力の秋山久蔵は、和馬と幸吉に念を押した。

「はい。私も柳橋も首を吊っている喜左衛門を見届けました」

「首を吊った喜左衛門をな……」

久蔵は眉をひそめた。

「はい。首を吊った紐の痕以外、身体には傷も痣もありませんので、間違いないかと。ですが……」

和馬は、久蔵を見詰めた。

「ですが、気を失わせてから首を吊らせたかもしれないか……」

久蔵は読み、笑みを浮かべた。

「ええ。ま、そう云うのもありえるって事でして、今の処、そう云う様子は……」

「ないか……」

「はい……」

和馬は頷いた。

「それで秋山さま、喜左衛門さんを首吊りに追い込んだ一件ですが……」

「借金を返す為の三百両を持ち逃げした番頭の一件か……」

「はい。勇次と新八が追い始めましたが、何か気になる事はございますか……」

　幸吉は、久蔵の助言を求めた。

「うむ。番頭の行方を追うだけではなく、念珠堂の内情や旦那の喜左衛門も洗ってみるんだな」

「心得ました」

「それから和馬、貸した金の代わりに念珠堂を手に入れる者も調べてみるのだな」

　久蔵は命じた。

　仏具屋『念珠堂』の店を狙い、番頭の吉兵衛に金を持ち逃げさせた者がいるのかもしれない。

「はい……」

　和馬と幸吉は頷いた。

「念珠堂の喜左衛門の首括り、未だ自害と決め付けない方が良いかもしれないな」

久蔵は、小さな笑みを浮かべた。

和馬と幸吉は、神田連雀町の仏具屋『念珠堂』に戻った。

仏具屋『念珠堂』では清吉が見張っていた。

「変わった事はないか……」

幸吉は、大戸を閉めている仏具屋『念珠堂』を窺った。

「はい。お内儀さんが奉公人たちに暇を出していますよ」

清吉は告げた。

「そうか……」

幸吉は頷いた。

「ま、念珠堂が潰れるのは相違ないからな……」

和馬は哀れんだ。

「ええ……」

幸吉は頷いた。

「よし。ならば俺は今度の借金返済期限の金を貸した者が誰か突き止め、そいつに当たってみるよ」

和馬は、仏具屋『念珠堂』を眺めた。

「清吉、和馬の旦那のお供をしな」

幸吉は命じた。

「合点です」

清吉は頷いた。

「じゃあ……」

和馬は、清吉を従えて仏具屋『念珠堂』の裏口に向かって行った。

和馬と清吉と擦れ違い、裏口から風呂敷包みを抱えた女中たちが現れ、仏具屋『念珠堂』を振り返りながら立ち去って行った。

暇を出された奉公人か……。

幸吉は見送った。

「親分……」

新八が駆け寄って来た。

「おう。番頭の吉兵衛の事、何か分かったかい……」

幸吉は、新八を迎えた。

「そいつが、吉兵衛のおかみさん、おさださんって云うんですが、吉兵衛が店の金を持ち逃げしたと騒ぎになってから、いつの間にかいなくなったそうでしてね」

「おかみさんも消えたのか……」

「ええ。近所の人たちの話じゃあ、千駄木《せんだぎ》のおすみって娘の処に行ったのかもしれないって……」

新八は報せた。

「千駄木の娘の処か……」

「はい。勇次の兄貴が行きました」

「そうか。で、近所の人たちの吉兵衛の評判はどうなんだ……」

幸吉は訊いた。

「そいつが、吉兵衛の評判、良いんですよね」

新八は、意外な面持ちで告げた。

「評判、良いのか……」

幸吉は戸惑った。

「はい……」

新八は頷いた。

「そうか……」

風呂敷包みを持った若い手代が、『念珠堂』の裏口から出て来た。

「よし。念珠堂を頼む……」

「はい……」

幸吉は、新八を見張りに残して若い手代を追った。

新八は、仏具屋『念珠堂』の見張りに就いた。


神田川に架かっている昌平橋は、神田八つ小路と明神下の通りを結んでおり、多くの人が行き交っていた。

幸吉は、昌平橋を渡ろうとした若い手代を呼び止めた。

若い手代は、幸吉の素性を知っているらしく緊張した面持ちで立ち止まった。

「ちょいと訊きたい事があってね。ま、茶でもどうだい」

幸吉は笑い掛けた。


神田八つ小路の片隅には茶店があり、一服する者が立ち寄っていた。

幸吉は、手代と縁台に腰掛けて茶を頼んだ。

「で、念珠堂から暇を出されたのかい……」

「はい……」

若い手代は、淋し気な面持ちで頷いた。

「ま、番頭が金を持ち逃げし、旦那がああなりゃあ、仕方がないか……」

「はい……」

「お待ちどおさま……」

茶店の亭主が、幸吉と若い手代に茶を持って来た。

「ま、一息入れな」

「はい。戴きます」

若い手代は、茶を飲んだ。

「で、番頭の吉兵衛、三百両もの店の金を持ち逃げするような者だったのかな」

幸吉は、茶を啜りながら訊いた。

「いいえ。番頭さんはそんな人じゃありませんでした」

若い手代は、首を横に振った。

「へえ。違うのかい……」

「はい。番頭さんは、先代の時から念珠堂に尽くして来た人です。今度の金策でも、旦那さまと頭を下げて歩き廻っていました……」

「じゃあ、金策して集めた金を持ち逃げしたって聞いた時は……」

「驚きました。手前だけではなく、奉公人の皆が……」

「そうだろうな……」

「はい。ですが、人には魔が差すって事もあるからって……」

若い手代は、哀し気に茶を啜った。

「魔が差した……」

「ええ。長い間、尽くして来た念珠堂がいよいよ駄目になると思い、魔が差し、三百両を持ち逃げした……」

「誰がそう云っているんだい……」

「誰って、店の者はみんな、そう云っていますよ……」

若い手代は、怪訝な面持ちで告げた。

「店の者はみんな……」

幸吉は、微かな戸惑いを覚えた。

「はい……」

若い手代は頷いた。

「そうか。店の者がみんな、魔が差したと……」

幸吉は茶を啜った。


不忍池《しのばずのいけ》の畔《ほとり》から根津権現に抜けると、千駄木になる。

勇次は、仏具屋『念珠堂』番頭の吉兵衛とおさだ夫婦の一人娘のおすみの許に急いだ。

おすみは、千駄木の植木屋『植源《うえげん》』の植木職人文七《ぶんしち》と所帯を持ち、幼い女の子がいた。

勇次は、根津権現裏の団子坂から小川沿いの田舎道に入った。


小川の流れは煌めいた。

勇次は、田舎道を進んだ。

行く手に、様々な庭木の植えられた植木屋『植源』の畑があり、親方の住む母屋と四軒の家作があった。

植木職人の文七とおすみ夫婦は、『植源』の家作の一つで暮らしている筈だ。

そして、そこには番頭吉兵衛のおかみさんのおさだがいる筈だ。

おすみの処には、おさだだけではなく吉兵衛も潜んでいるかもしれない。

勇次は、植木畑の周囲の田畑に潜み、四軒ある家作を窺った。

四軒の家作の内、二軒の家作には所帯持ちが住み、残る二軒には若い職人たちが暮らしていた。

勇次は、二軒の所帯持ちの家作を窺った。

一軒は老職人夫婦が住み、もう一軒には若い女房がいた。

おすみか……。

勇次は、田畑の緑に潜んで働く若い女房を見守った。

若い女房は、自宅の掃除洗濯の他に親方の家の手伝いもしていた。

勇次は見守った。

「おかあちゃん……」

四歳程の女の子が、老婆と手を繋いで田舎道をやって来た。

「あら、お帰り、おつる、おっ母さん……」

若い女房は、おつると呼んだ幼子と老婆を連れて家に入って行った。

老婆はおさだであり、若い女房はやはり娘のおすみなのだ……。

勇次は見定めた。

三百両を持ち逃げした番頭の吉兵衛が潜んでいるかもしれない……。

勇次は、親分幸吉の許に人を走らせ、張り込む事にした。

田畑の緑は微風に揺れた。


仏具屋『念珠堂』のお内儀おかよは、主の喜左衛門を弔って埋葬した。

墓地には微風が吹き、住職の読む経と線香の煙が流れた。

喜左衛門の埋葬は、お内儀のおかよと手代の宗吉によって営まれた。

立ち会う者の少ない淋しい埋葬だった。

幸吉は、目立たないように立ち会った。

立ち会う人の中には、不審な者はいなかった。

埋葬を終えたお内儀のおかよは、明日には仏具屋『念珠堂』を閉めて実家に帰る手筈だ。

おかよの実家は、牛込神楽坂に店を構える小間物屋であり、既に弟の代になっている。

仏具屋『念珠堂』を借金の形として引き渡す約束の限り、連雀町の店にお内儀のおかよの居場所はない。

おかよは、弟の代になっている実家で喪の明けるのを待つのだ。

幸吉は、お内儀おかよを見守った。

おかよは、夫喜左衛門の真新しい墓に手を合わせていた。

陽は大きく西に傾き、住職の読む経は響き続いた。

二

一年前、仏具屋『念珠堂』喜左衛門に三百両の金を貸し、返済の時を迎えた者は、京橋の献残屋《けんざんや》『山城屋《やましろや》』主の勘三郎《かんざぶろう》だった。

和馬は、手代の宗吉から訊き出し、清吉を伴って献残屋『山城屋』を訪れた。

献残屋『山城屋』は、大名旗本家を相手に商売をしている老舗《しにせ》だった。

主の勘三郎は、和馬と清吉を店の座敷に通した。

「仏具屋念珠堂の喜左衛門さんの事ですか……」

勘三郎は、和馬に探るような眼を向けた。

「うむ。今日が喜左衛門に貸した三百両の返す日だったそうだな」

和馬は、勘三郎を見据えた。

「左様にございます」

「で、喜左衛門は集めた三百両を番頭の吉兵衛に持ち逃げされ、返せないのを悲観して首を吊った……」

「はい……」

勘三郎は頷いた。

「で、お前さんは借金の形に取っていた連雀町の店を手に入れる事になった。そうだな……」

「神崎さま、手前はお大名やお旗本と商売をしている献残屋にございます。今更、連雀町の念珠堂さんの店など……」

勘三郎は、言葉を濁した。

「別に欲しくはなかったか……」

和馬は読んだ。

「はい……」

勘三郎は頷いた。

「ならば、此度《こたび》の喜左衛門の一件……」

「手前には迷惑な事にございます」

勘三郎は、和馬を見据えて告げた。

「だが、お前さんは献残屋。献上品の残りを安く買い取り、作り直して高値で売るのが商売。御手の物だな……」

和馬は笑い掛けた。

「神崎さま……」

勘三郎は緊張した。

「邪魔したな……」

和馬は、笑みを浮かべて立ち上がった。


和馬と清吉は、献残屋『山城屋』を出た。

「旦那……」

清吉は、和馬の出方を窺った。

「清吉、主の勘三郎をちょいと見張ってみな」

和馬は命じた。

「合点です」

清吉は頷いた。

仏具屋『念珠堂』に夕暮れ時が訪れた。

お内儀のおかよは町駕籠《かご》に乗り、手代の宗吉に付き添われて帰って来た。

新八は見守った。

「変わった事はなかったようだな」

幸吉が戻り、町駕籠を降りて『念珠堂』の裏口に入って行くおかよを見ながら訊いた。

「はい。人の出入りはありませんでした」

新八は報せた。

僅かな刻が過ぎた。

仏具屋『念珠堂』から手代の宗吉が出て来て、疲れたような足取りで帰って行った。

「此れでお内儀おかよさんと飯炊きの婆さんの二人だけですね」

新八は眉をひそめた。

「うん。よし、新八、此のまま念珠堂とお内儀のおかよさんを見張ってくれ。俺は笹舟に戻ってみる……」
　幸吉は告げた。

　京橋の掛かっている京橋川には、様々な明かりが揺れ始めていた。
　清吉は、京橋の袂から献残屋『山城屋』を見張っていた。
　献残屋『山城屋』を訪れる客は少なく、主の勘三郎が手代を従えて出て来た。
　出掛ける……。
　清吉は、京橋の袂に身を隠した。
　勘三郎は、手代を従えて京橋を渡って新両替町の通りに進んだ。
　ひょっとしたら、金を持ち逃げした番頭の吉兵衛と落ち合うのかもしれない……。
　清吉は追った。

　千駄木の田畑は夕闇に覆われた。
　勇次は、植木屋『植源』の家作を見張り続けていた。
　今の処、植木屋『植源』やおすみの家に金を持ち逃げした番頭吉兵衛が現れた形跡はなかった。

勇次は見定めていた。

植木職人たちが大八車を曳き、小川沿いの田舎道をやって来た。

勇次は見守った。

植木職人たちは、大八車を曳いて『植源』に入り、納屋の前に停めた。

「皆、御苦労だったな。俺は親方に報告して来る。道具の手入れをな……」

背の高い中年の植木職人は、三人の若い職人を労った。

「はい。小頭もお疲れさまでした」

三人の若い植木職人は、小頭の中年職人に挨拶をした。

小頭の中年職人は、井戸端で手足を洗って母屋に入って行った。

三人の若い植木職人は、植木の道具の手入れをして片付けていた。

小頭の中年職人は、母屋で親方に仕事の報告をして出て来た。そして、横手の家作に向かい、おすみとおつるの家作に入った。

「おう、今、帰ったぜ」

「あっ、お帰り、おとっちゃん……」

「おう。おつる……」

小頭の中年職人とおつるの声が、家作から賑やかに響いた。

金を持ち逃げした番頭吉兵衛の娘おすみの亭主の文七……。

勇次は見定めた。

「勇次……」

田舎道を幸吉がやって来た。

「親分、此処です……」

勇次は、暗がりに身を起こした。

「おう。遅くなったな……」

幸吉は、勇次の傍にしゃがみ込んだ。

「いいえ。吉兵衛のおかみさんのおさださん、一人娘のおすみの処に来ていましてね」

勇次は告げた。

「おすみの亭主、植木職人か……」

幸吉は、明るく火の灯されている家作を見詰めた。

「ええ。文七って名で小頭を任されています」

「そうか。で、吉兵衛は……」

「現れた様子はありません……」

家作からは幼いおつるの笑い声がした。

「長年連れ添った女房、可愛いたった一人の娘と孫。吉兵衛は必ず来るか……」

幸吉は睨んだ。

「ええ。違いますかね……」

勇次は頷いた。

「よし。雲海坊を助っ人に寄越す」

幸吉は、勇次の読みに頷いた。

「助かります。で、そっちはどうですか……」

「うん。念珠堂は新八が見張り、和馬の旦那と清吉は京橋の献残屋山城屋の主、勘三郎を洗っている」

「献残屋山城屋の勘三郎……」

勇次は眉をひそめた。

「ああ。喜左衛門旦那が三百両を返す筈だった相手だ」

「吉兵衛に三百両を持ち逃げさせて返せなくし、店を手に入れたのかもしれませんか……」

勇次は読んだ。

「うん。あり得ない話じゃあねえ……」

「そうですね」

「ああ……」

幸吉と勇次は、文七とおすみの家作の周囲の暗がりを窺った。

周囲の暗がりに動く物はなかった。

田畑の緑は揺れ、月明かりに耀《かがや》いた。


愛宕下《あたごした》大名小路には、様々な大名屋敷が甍《いらか》を連ねていた。

清吉は、奥州一関藩《おうしゆういちのせきはん》江戸上屋敷の前の物陰に潜み、献残屋『山城屋』勘三郎と手代が出て来るのを待っていた。

勘三郎は献残品の買い付けに来た……。

清吉は読んだ。

そして、帰りに三百両を持ち逃げした番頭吉兵衛の潜む処に行くのかもしれない……。

清吉は、勘三郎を粘り強く見張る事にした。

神田連雀町の仏具屋『念珠堂』は、静寂に覆われていた。

新八は見張った。

『念珠堂』には、お内儀のおかよと飯炊き婆さんの二人しかいなく、訪れる者もいなかった。

明日、お内儀のおかよは『念珠堂』を出て神楽坂の実家に戻る。

今頃、荷物を作っているのかもしれない……。

新八は読んだ。

何《いず》れにしろ、仏具屋『念珠堂』に変わった事はなく、訪れる者もいなかった。


千駄木の田畑の緑は、朝日に煌めいた。

文七たち植木職人は、桜の木を掘り出してその根を丁寧に養生し、大八車に積んで出掛ける仕度に忙しかった。

勇次は見守った。

植木屋『植源』に庭の手入れを頼んだ依頼主は、桜の木を注文したのだ。

勇次は読んだ。

「お前さん、十手持ちかい……」

勇次は、背後からの声に振り返った。

文七が佇んでいた。

「えっ……」

勇次は惚《とぼ》けようとした。

「見ての通り、吉兵衛の親父さんは来ちゃあいねえよ」

文七は、構わず告げた。

惚けても無駄のようだ……。

「だが、此れから来るかもしれない……」

勇次は、惚けるのを止めた。

「そうかな……」

「来ないと思っているのか……」

「そいつは分からない。分かっている事は、吉兵衛の親父さんは、店の金を持ち逃げするようなお人じゃあないって事だけだ」

文七は、義父である吉兵衛の人柄を信じていた。

「じゃあ、吉兵衛のした事はなんだ……」

勇次は、文七を見据えた。

「吉兵衛の親父さんが店の金を持ち逃げした証拠、あるのか……」

文七は、勇次を睨み返した。

「持ち逃げした証拠……」

勇次は戸惑った。

「ああ。吉兵衛の親父さんが三百両を持って逃げるのを見た奴でもいるのか……」

「いや。そいつは、喜左衛門の旦那とお内儀のおかよさんが……」

「云っているだけだろう」

「えっ……」

勇次は戸惑った。

「見た奴はいない……」

「だけど、喜左衛門の旦那は、番頭の吉兵衛に漸《よう》く集めた三百両を持ち逃げされたと云って首を吊ったんだぜ」

「喜左衛門の旦那、本当にそう云ったのか……」

文七は、厳しく云い放った。

「そ、それは……」

勇次は、思わず言い淀んだ。

「小頭……」

出掛ける仕度の出来た若い植木職人たちが、桜の木を乗せた大八車を曳いて文七を呼んだ。

「先に行きな。直ぐに追いつくぜ」

「はい。じゃあ……」

若い植木職人たちは、大八車を曳いて出掛けて行った。

「お前さん、素性と名前は……」

「俺は柳橋の幸吉親分の身内の勇次って者だ」

「勇次さん。もし、吉兵衛の親父さんが来たら必ず報せる……」

「えっ……」

「だから、本当に吉兵衛の親父さんがやったかどうか、調べ直してくれ。此の通り、頼みます」

文七は、勇次に深々と頭を下げて頼み、若い植木職人たちを追った。

勇次は見送った。

「奴の云う事も一理あるな」

田舎道の反対側に雲海坊が現れた。

「雲海坊さん……」

「番頭の吉兵衛の一人娘の亭主か……」

雲海坊は、若い植木職人たちに追い着いて一緒に行く文七を眺めた。

「ええ。文七です」

「で、どうする……」

「えっ……」

「此処は俺が引き受けるぜ」

雲海坊は笑った。

「じゃあ、親分の処に一っ走りして来ます」

勇次は告げた。

「そいつが良いかもしれないな……」

雲海坊は頷いた。


仏具屋『念珠堂』は、大戸を閉めたまま沈んでいた。

新八は、見張り続けていた。

昨夜、お内儀のおかよは出掛ける事もなく、訪れる者もいなかった。

変わった事は何もなかった……。

新八は見張った。

手代の宗吉が現れ、仏具屋『念珠堂』の裏口に廻って行った。

僅かな刻が過ぎた。

風呂敷包みを抱えたお内儀のおかよが、大きな風呂敷包みを背負った宗吉と一緒に出て来た。

牛込神楽坂の実家に行くのか……。

新八は読んだ。

おかよと宗吉は、神田八つ小路に向かった。

よし……。

新八は追った。

おかよと宗吉は、神田八つ小路の賑わいを抜けて昌平橋を渡り、神田川沿いの道を神楽坂に向かった。

手代の宗吉は、最後まで主のお内儀おかよに忠義を尽くすようだ……。

新八は読んだ。

外濠に架かっている牛込御門前に神楽坂は続いている。

おかよと宗吉は、荷物を持って神楽坂を上がった。

新八は追った。

神楽坂は、北側に旗本屋敷街があり、南側には市谷田町四丁目代地の町家が連なっている。

おかよと宗吉は、神楽坂の途中にある小間物屋の暖簾《のれん》を潜った。

おかよの実家だ……。

新八は見定めた。

おかよは、落ち着き先が決まる迄、弟が主になっている小間物屋の実家の世話になる手筈なのだ。

此処迄は手筈通りだ。

新八は、物陰から小間物屋を眺めた。

菅笠《すげがさ》を被った男が、小間物屋を窺いながら通り過ぎた。

あれ、太市さん……。

新八は、菅笠の男が太市だと思った。

「太市さん……」

だが、菅笠の男は振り返りもせずに通り過ぎて行った。

似ているだけの、人違いか……。

新八は苦笑した。

小間物屋から宗吉とおかよが出て来た。

「じゃあ、お内儀さま……」

「宗吉、本当にいろいろお世話になり、ありがとうございました」

おかよは、宗吉に深々と頭を下げた。

「いいえ。此れからも何かと大変でしょうが、お身体をお大事に……」

「宗吉も……」

「はい。じゃあ……」

宗吉は、おかよに深々と頭を下げて神楽坂を足早に下り始めた。

おかよは、頭を下げて見送り、小間物屋に戻って行った。

新八は見届けた。

見張りを解くか……。

新八は、緊張を緩めた。

京橋には多くの人が行き交っていた。

清吉は、京橋の袂から献残屋『山城屋』を見張り続けていた。

三百両を持ち逃げした番頭吉兵衛と思われる者は現れない……。

旦那の勘三郎が手代を従え、献残屋『山城屋』から出て来た。

清吉は、京橋の欄干の陰に身を潜めた。

勘三郎と手代は、通りを日本橋に向かった。

今日も献残品の買い付けに行くのか……。

清吉は、京橋の欄干の陰から出て勘三郎と手代を追った。


「そうか。番頭の吉兵衛、千駄木の一人娘の家にも現れちゃあいないか……」

幸吉は眉をひそめた。

「はい。おかみさんのおさださんは、世話になっていますが……」

「此れから来るって気配はないのか……」

「そこは、何とも……」

勇次は首を捻った。

「云えないか……」

「はい。それで親分、娘の亭主の文七、植木職人なんですがね」

「そいつが、どうかしたか……」

「はい。あっしが十手持ちで、見張っているのに気が付きましてね」

勇次は、己の見張りが失敗した事を告げた。

「ま、そんな事もあるさ……」

幸吉は苦笑した。

「で、文七、義理の父親の吉兵衛は、店の金を持ち逃げするような人じゃない。もし、そうだと云うなら、確かな証拠があるのかと……」

「何……」

幸吉は戸惑った。

「喜左衛門の旦那がそう云って首を括ったと、お内儀が証言したと云ったのですが……」

「文七、信じないのか……」

「はい。きっとおかみさんのおさださんと娘のおすみも同じ思いだと……」

勇次は告げた。

「それで、文七、何て云っているんだ」

幸吉は訊き返した。

「吉兵衛が来たら必ず報せる。だから、吉兵衛が本当に店の金を持ち逃げしたのかどうか、調べ直してくれと、頭を下げて頼んで来ました……」

「頭を下げてか……」

幸吉は眉をひそめた。

「はい……」

勇次は、喉を鳴らして頷いた。

「親分、只今戻りました」

新八が戸口に現れた。

「おう。お内儀のおかよさん、どうした」

「はい。連雀町の念珠堂を立ち退き、神楽坂の実家に行きました」

新八は報せた。

「そうか、御苦労だったな。よし。勇次、和馬の旦那と秋山さまに話してみる……」

「はい……」

勇次は、微かな安堵を過らせた。

三

日本橋の通りは、日本橋室町から神田八つ小路に続いている。

献残屋『山城屋』勘三郎は、手代を従えて神田八つ小路の手前を神田連雀町に入った。

清吉は尾行た。

勘三郎は、連雀町のお店の前に立ち止まって看板を見上げた。

清吉は、物陰から見守った。

勘三郎が看板を見上げている店は、仏具屋『念珠堂』だった。

勘三郎は、手代に何事か命じた。

手代は頷き、『念珠堂』の裏手に向かって行った。

清吉は見守った。

僅かな刻が過ぎた。

仏具屋『念珠堂』の大戸の潜り戸が内側から開き、手代と留守番の飯炊き婆さんが出て来た。

飯炊き婆さんは、深々と頭を下げて勘三郎を迎えた。

勘三郎は鷹揚《おうよう》に頷き、仏具屋『念珠堂』に入って行った。

仏具屋『念珠堂』の主は変わったのだ。

清吉は知った。


南町奉行所の庭に木洩れ日が揺れた。

久蔵の用部屋には、和馬と幸吉が訪れていた。

幸吉は、久蔵に勇次から聞いた話を告げた。

「成る程、俺たちは首を吊った喜左衛門が最後に言い残した言葉だと聞き、間違いないと思い込んだか……」

久蔵は眉をひそめた。

「もう一度、洗い直してみますか……」

和馬は告げた。

「うむ。番頭の吉兵衛、誰に訊いても人柄の良い男であり、店の金を持ち逃げしたと聞いて驚かぬ者はいなかったな……」

「はい。それで誰もが魔が差したと……」

幸吉は頷いた。

「うむ……」

「秋山さま。もし、文七の云う事が正しければ、番頭の吉兵衛は……」

和馬は眉をひそめた。

「何者かに持ち逃げの罪を着せられ、何処かに閉じ込められているか、それとも……」

久蔵は、厳しい面持ちになった。

「それとも……」

「既に殺されているかもしれねえ……」

久蔵は、腹立たし気に告げた。

「秋山さま……」

「吉兵衛の足取り、今以て摑めないのは、その辺に理由があるのかもしれねえ」

久蔵は読んだ。

「ええ……」

幸吉は頷いた。

「しかし、誰が何故に……」

和馬は首を捻った。

「喜左衛門が三百両を持ち逃げされると、借金の形の店を手に入れるのは、献残屋の山城屋勘三郎だったな……」

「はい……」

幸吉は、喉を鳴らして頷いた。

「じゃあ、献残屋の勘三郎が……」

和馬は読んだ。

「未だ、かもしれないって事だ……」

久蔵は苦笑した。

「献残屋山城屋勘三郎には、清吉が張り付いていますが、今の処、何の報せもありません……」

「変わった事はないか……」

久蔵は読んだ。

「きっと……」

幸吉は頷いた。

「よし。和馬、引き続き献残屋の勘三郎を探れ……」

「心得ました」

「で、柳橋の。念珠堂のお内儀おかよにもう一度、喜左衛門の云った事を確かめてみるんだな……」

「承知しました」

幸吉は頷いた。

「献残屋の山城屋勘三郎か。叩けば埃《ほこり》が舞い上がるかな……」

久蔵は小さく笑った。


幸吉の部屋には、船宿『笹舟』の賑わいが僅かに響いて来ていた。

幸吉は、由松、勇次、新八、清吉を呼んだ。

「で、清吉、献残屋の山城屋勘三郎、連雀町の仏具屋念珠堂に行ったんだな」

幸吉は、清吉を見詰めた。

「はい。そして、留守番の飯炊き婆さんに迎えられて表から入りました」

清吉は告げた。

「山城屋勘三郎、念珠堂を早々に借金の形に押さえたか……」

幸吉は苦笑した。

「ええ、遣る事が早いですね」

勇次は、厳しさを滲ませた。

「ああ。勘三郎は遣り手の商売上手と専《もっぱ》らの噂だ。それに、商売柄御公儀のお偉いさんとも近く、いろいろ強引な真似もしているそうだ……」

幸吉は告げた。

「じゃあ、仏具屋念珠堂を手に入れる為、番頭の吉兵衛に金を持ち逃げさせたかも……」

新八は読んだ。

「かもしれない……」

幸吉は頷いた。

「じゃあ、吉兵衛の行方も知っていますかね」

清吉は訊いた。

「うむ。いずれにしろ勇次、おさだとおすみの方は雲海坊に任せ、清吉と勘三郎を探るんだぜ」

幸吉は命じた。

「はい……」

勇次と清吉は頷いた。

「由松、一緒に頼むぜ」

「承知……」

由松は、小さな笑みを浮かべた。

「で、新八。お前は金を持ち逃げする前の吉兵衛の足取りを調べるんだ」

「持ち逃げする前の足取りですか……」

新八は戸惑った。

「ああ。今迄は持ち逃げをした後の足取りを追っていたが、今度は持ち逃げをする前の足取りだ」

「献残屋山城屋勘三郎と拘わりがあるかどうかですか……」

新八は読んだ。

「うむ。ま、そんな処だ。此奴は当座の探索の掛かりだ」

幸吉は、懐紙に包んだ金を皆に渡した。

探索費用を渡すのは、先代の柳橋の弥平次の時からの決まりだった。

そして、幸吉は皆に酒を振舞った。

京橋の献残屋『山城屋』は、勇次、清吉、由松の監視下に置かれた。

献残屋『山城屋』は、番頭や手代が買い取った献残品を大八車に乗せて人足たちに曳かせて来たりしていた。

勇次と由松は、清吉に『山城屋』の見張りを任せ、勘三郎の身辺を調べ始めた。

勇次と由松は聞き込みを終え、京橋の袂で献残屋『山城屋』を見張る清吉の許に戻って来た。

「どうでした……」

清吉は尋ねた。

「うん。山城屋勘三郎、噂通りの遣り手のようだぜ」

勇次は、献残屋『山城屋』を眺めた。

「勇次、清吉。勘三郎、裏で密かに高利貸しをしているようだぜ」

由松は告げた。

「高利貸し……」

清吉は、戸惑いを浮かべた。

「うん。念珠堂の喜左衛門旦那とは、知り合いの旦那同士の金の貸し借りだと云っているそうだが、本当の処は分からねえな」

由松は、冷ややかな笑みを浮かべた。

「高利貸しですか……」

勇次は眉をひそめた。

「今迄にも、借金の形に押さえた店、何軒かあるそうだぜ」

「じゃあ……」

勇次は、厳しさを滲ませた。

「ああ。何か、小細工をしているのかもな」

由松は読んだ。


玉池稲荷のお玉が池には、一枚の枯葉が散り落ちて薄い波紋が広がった。

幸吉と新八は、玉池稲荷裏の古長屋を訪れた。

古長屋の一軒には、仏具屋『念珠堂』の手代の宗吉が住んでいた。

「宗吉さん、いるかい、宗吉さん……」

新八は、宗吉の家の腰高障子を叩いた。

「はい。どなたですか……」

宗吉が返事をした。

「柳橋の者ですぜ……」

新八は告げた。

「あっ、只今……」

宗吉は、腰高障子を開けて顔を見せた。

「やあ……」

幸吉と新八は、宗吉に笑い掛けた。

「こりゃあ親分さん、何か……」

宗吉は、幸吉に怪訝な眼を向けた。

「うん。ちょいと訊きたい事があってね」

幸吉は、笑いを消した。


玉池稲荷の茶店に客はいなかった。

幸吉と新八は、宗吉を茶店に誘って茶を頼んだ。

「で、親分さん、聞きたい事とは……」

宗吉は、幸吉に不安気な眼を向けた。

「うん。番頭の吉兵衛だが、借金を返す時が近付いた頃、何をしていたのかな……」

「それは、旦那さまと金策に走り廻っていましたが……」

宗吉は、辛そうに告げた。

「どんな処を走り廻っていたのか……」

「旦那さまや番頭さんのお知り合いのお店の旦那さまたちの処ですが……」

宗吉は告げた。

「吉兵衛が金策に行っていた店や知り合い、何処の誰か分かるかな……」

「さあ。詳しくは存じませんが……」

宗吉は首を捻った。

「そうですかい。で、喜左衛門旦那と吉兵衛が掻き集めた三百両。吉兵衛が持ち逃げしちまいましたか……」

「はい……」

「その頃の吉兵衛に変わった様子はありませんでしたか……」

新八は訊いた。

「さあ。番頭さん、いつもと変わらなかったと思いますが……」

「そうですか……」

「はい……」

宗吉は頷いた。

番頭の吉兵衛が、金策に廻っていた処は分からなかった。

「じゃあ、吉兵衛と親しく付き合っていた人なんかは、知りませんか……」

新八は尋ねた。

「ああ。それなら、神田須田町の瀬戸物屋の番頭さんとは幼馴染だと聞いた覚えがありますよ」

「神田須田町の瀬戸物屋の番頭……」

「ええ。美濃屋《みのや》の義助《ぎすけ》さんって番頭さんです」

宗吉は告げた。

「瀬戸物屋美濃屋の番頭の義助さん……」

新八は念を押した。

「はい……」

宗吉は頷いた。

「親分……」

「うん……」

幸吉は頷き、目配せをした。

「じゃあ……」

新八は駆け去った。

「親分さん、手前は此れから浅草の仏具屋に行かなきゃあなりませんので、そろそろ……」

「浅草の仏具屋ですか……」

「はい。何と云っても、慣れた品物を扱う仕事が一番でして……」

宗吉は、新たな奉公先を探しに行くのだ。

「そうか。大変だね」

「ええ。まあ。でも、仕方がありませんよ」

宗吉は苦笑した。

献残屋『山城屋』から勘三郎が手代を従えて出て来た。

「勘三郎、出掛けますよ」

清吉は告げた。

「よし。俺と由松の兄貴が追う。清吉は引き続き、此処を頼むぜ」

「合点です」

清吉は頷いた。

「じゃあ、由松の兄貴……」

「うん……」

勇次と由松は、勘三郎と手代を追った。

勘三郎と手代は、京橋を南に渡って芝口に向かった。

芝口の先には、愛宕下の大名小路がある。

今日も愛宕下の大名屋敷に行くのかもしれない……。

勇次は尾行た。

「勇次……」

離れていた由松が、勇次に並んだ。

「何です、由松の兄貴……」

「あの、半纏の野郎と二人の浪人……」

由松は、勘三郎と手代の後を行く半纏を着た男と二人の浪人を示した。

「はい。奴らがどうかしましたか……」

「勘三郎を尾行ているようだぜ」

由松は、嘲りを浮かべた。

「えっ……」

勇次は緊張した。

勘三郎は、手代を従えて芝口に向かった。

半纏の男と二人の浪人は追った。

勇次と由松は続いた。


神田須田町の瀬戸物屋『美濃屋』は繁盛していた。

新八は、瀬戸物屋『美濃屋』の周囲を見廻した。

周囲には、吉兵衛らしい年寄りや不審な者はいなかった。

よし……。

新八は、瀬戸物屋『美濃屋』の暖簾を潜った。

「いらっしゃいませ……」

若い手代が迎えた。

「番頭の義助さん、おいでですかい……」

「は、はい……」

「あっしは、南町奉行所の神崎さまの手の者でしてね。番頭の義助さんに……」

新八は笑い掛けた。


番頭の義助は、新八を店の隅にある部屋に通した。

新八は、吉兵衛が店の金を持ち逃げする前に逢ったかどうか尋ねた。

「逢いましたよ」

義助は、淋しそうに頷いた。

「いつ頃ですか……」

「持ち逃げする五日程前ですか、美濃屋に金を貸してもらえないかと……」

「金策に来たのですか……」

「ええ……」

「で、金を貸したのですか……」

「ええ。うちの旦那さまにお願いして、二十両程のお金を……」

「そうでしたか。で、その時の吉兵衛の様子は如何でしたか……」

「それが、いろいろ愚痴は零《こぼ》していましたが、持ち逃げする気配など、まったく感じませんでしたよ」

「そうですか……」

幼馴染の義助は、金を持ち逃げする直前の吉兵衛に変わった気配を感じていなかった。

「そうですか。処でいろいろ愚痴を零していたそうですが、どんな愚痴でしたか……」

新八は訊いた。

「ま、愚痴と云っても、店を預かる番頭には良くある他愛のないものですよ」

義助は苦笑した。

淋し気で哀し気な苦笑だった。

「処で番頭さん、吉兵衛が番頭さんの他に金策に行くと思われる人は御存知ありませんかね……」

「さあて、私の他に金を借りに行く相手となると……」

義助は首を捻った。

「いませんか……」

「いえ。いない事もないと思いますが……」

義助は、何とか思い出そうとした。

新八は待った。


大名屋敷は溜池の馬場の傍にあった。

献残屋『山城屋』勘三郎と手代が訪れ、半刻（一時間）が過ぎていた。

勇次と由松は、大名屋敷の斜向かいの物陰に潜んでいる半纏を着た男と二人の浪人を見守っていた。

半纏を着た男と二人の浪人は何者なのか……。

勘三郎とはどんな拘りなのか……。

由松と勇次は見守った。

勘三郎と手代が、大名屋敷の裏門から出て来た。

半纏を着た男と二人の浪人はどうする……。

勇次と由松は、微かな緊張を覚えた。

勘三郎と手代は、大名屋敷を出て溜池の馬場の方に進んだ。

半纏を着た男と二人の浪人は追った。

「由松の兄貴……」

「うん……」

勇次と由松は続いた。

溜池の流れは外濠から汐留川《しおどめがわ》となり、浜御殿脇から江戸湊に続いている。

勘三郎と手代は、溜池の馬場と肥前国佐賀藩《ひぜんのくにさがはん》江戸中屋敷裏の間の道を外濠に進んだ。

半纏を着た男と二人の浪人は続いた。

道に行き交う人はなかった。

半纏を着た男と二人の浪人は、勘三郎と手代に向かって走り出した。

「勇次……」

「はい……」

由松と勇次は、地を蹴った。

勘三郎と手代は、背後に迫る二人の浪人と半纏を着た男に気が付いた。

「だ、旦那さま……」

驚き叫ぶ手代は、浪人に蹴り飛ばされた。
勘三郎は逃げようとした。
二人の浪人は、勘三郎に追い縋って抜き打ちに斬り付けた。
勘三郎は、肩から血を飛ばして倒れた。
二人の浪人は、尚も斬り付けようとした。
刹那、呼子笛《よびこぶえ》が鳴り響いた。
「人殺しだ。人殺しだ……」
勇次が現れ、大声で叫んだ。
佐賀藩江戸中屋敷の裏門から番士や中間《ちゅうげん》が出て来た。
二人の浪人と半纏を着た男は、慌てて逃げ出した。
「じゃあな、勇次……」
由松は、二人の浪人と半纏を着た男を追った。
勇次は、倒れている勘三郎に駆け寄った。

四

下谷広小路は賑わっていた。

幸吉は、新八と落ち合い、瀬戸物屋『美濃屋』の番頭義助に聞いた吉兵衛が金策に訪れたと思われる者の店に向かっていた。

上野新黒門町にある袋物屋の主の宇三郎《うさぶろう》は、吉兵衛や義助と幼馴染の一人だった。

幸吉と新八は、袋物屋の主の宇三郎を訪れた。

「吉兵衛ですか……」

宇三郎は、困惑を浮かべた。

「ええ。此方に金策には来ませんでしたか……」

幸吉は尋ねた。

「来ましたよ」

「来ましたか、で……」

「幾らでも良いから、金を貸して貰えないかと云いましてね。うちも見ての通りの小さな袋物屋でして、他人《ひと》さまに貸せる程の金はないと……」

宇三郎は、厳しい面持ちで告げた。

「断りましたか……」

「はい。気の毒でしたが……」

「で、吉兵衛は……」

「仕方がないと諦め、帰りましたよ」

「そうですか……」

「貸していたら焦げ付いている処でした」

宇三郎は、複雑な面持ちで吐息を洩らした。

「ええ……」

「吉兵衛、何を血迷ったのか。愚痴を零すだけにしておけば良かったのに……」

「愚痴ですか……」

新八は眉をひそめた。

「ああ。吉兵衛。近頃、旦那さまとお内儀さまの仲が悪いと、愚痴を零していましてね」

宇三郎は告げた。

「旦那の喜左衛門さんとお内儀のおかよさんの仲が悪い……」

幸吉は、戸惑いを浮かべた。

「ええ。そう零していましてね。随分、疲れているようで、何もかも嫌になってしまったんですかねえ……」

宇三郎は、幼馴染の吉兵衛の行動に首を捻った。

仏具屋『念珠堂』の旦那の喜左衛門とお内儀のおかよは仲が悪かった……。

幸吉と新八は、初めて知った。

「本当なんですかね、喜左衛門の旦那とお内儀、仲が悪かったのは……」

新八は首を捻った。

「うむ。もし、そいつが本当ならお内儀のおかよさんの証言、検めてみる必要があるな」

幸吉は眉をひそめた。

「はい……」

新八は頷いた。

「よし。宗吉に訊いてみるか……」

幸吉は、厳しさを滲ませた。

勇次と手代は、肩を斬られた献残屋『山城屋』勘三郎を近くの町医者に担ぎ込んだ。

勘三郎の肩の傷は浅く、命に別状はなかった。

「旦那、襲った二人の浪人と半纏を着た男は、何処の誰ですか……」

勇次は、勘三郎に訊いた。

「きっと、旗本の木村半蔵《きむらはんぞう》に雇われた奴らだ」

勘三郎は、腹立たし気に吐き棄てた。

「旗本の木村半蔵……」

勇次は眉をひそめた。

「ああ。一年前に百両を借り、明後日が返す期限の旗本の木村半蔵だ。返せないのか、返したくないのか、何れにしろ汚い奴だよ」

勘三郎は嘲笑《あざわら》った。


半纏を着た男と二人の浪人は、赤坂一ツ木の旗本屋敷に入って行った。

由松は見届けた。

「さあて、何様の屋敷か……」

由松は、旗本屋敷の連なりに訊き込む相手を捜した。

新八は、玉池稲荷裏にある古い長屋の宗吉の家の腰高障子を叩いた。

宗吉の家から返事はなかった。

「未だ、浅草の仏具屋から帰って来ていないのかな……」

幸吉は読んだ。

「ええ。きっと……」

新八は頷いた。

「じゃあ、帰るのを待つしかないか……」

幸吉は、溜息を吐《つ》いた。

隣の家から、中年のおかみさんが出て来た。

「あら、宗吉さんかい……」

「ええ。出掛けて、未だ戻らないようですね」

新八は笑った。

「戻らないって、宗吉さん、引っ越して行きましたよ」

中年のおかみさんは、怪訝な面持ちで告げた。

「引っ越した……」

新八は驚いた。

幸吉は、宗吉の家の腰高障子を開けた。

狭い家の中には何もなく、綺麗に片付けられていた。

幸吉は驚き、呆気に取られた。

「親分……」

新八は、驚きに声を震わせた。

「ああ……」

宗吉は、いつの間にか引っ越したのだ。

何故だ……。

幸吉は、戸惑う己を懸命に落ち着かせた。

「どうします、親分……」

「新八、神楽坂のお内儀、おかよさんが何か知っているかもしれない」

幸吉と新八は、中年のおかみさんに礼を云って神楽坂に急いだ。


赤坂一ツ木に住む旗本の木村半蔵は、借りた百両を返すのを惜しみ、二人の浪人と遊び人を刺客《しかく》として雇い、献残屋『山城屋』勘三郎を襲わせたのだ。

勇次と由松は、勘三郎襲撃の真相を突き止めて和馬に報せた。

「山城屋勘三郎、手広く恨まれているな……」

和馬は苦笑した。

「ええ。で、今の処、勘三郎の周りに吉兵衛らしい奴は浮かびませんね」

由松は読んだ。

「そうか。ならば、献残屋の勘三郎、吉兵衛の持逃げの一件には拘わりないようだな」

和馬は眉をひそめた。

「はい……」

勇次は頷いた。


幸吉と新八は、神楽坂の市谷田町四丁目代地に進んだ。そして、仏具屋『念珠堂』お内儀おかよの実家の小間物屋を訪れた。

「念珠堂のお内儀おかよさんにちょいと訊きたい事がありましてね……」

幸吉は、十手を見せて主のおかよの弟に尋ねた。

「えっ。姉のおかよにございますか……」

主は、戸惑いを浮かべた。

「ええ。お逢い出来ますか……」

「親分さん、実は姉のおかよ、今朝方から家の何処にもいないんです」

主は、困惑を過らせた。

「今朝方からいない……」

幸吉は眉をひそめた。

仏具屋『念珠堂』お内儀おかよは、実家から姿を消していた。

「親分……」

新八は緊張した。

「ああ。宗吉の急な引っ越しに、お内儀おかよの行方知れず……」

幸吉は読んだ。

「ええ……」

新八は、喉を鳴らして頷いた。

「新八、今朝方、界隈《かいわい》でおかよを見掛けた者がいないか捜してみろ。俺は和馬の旦那と秋山さまに報せる」

「はい……」

「それから勇次たちを寄越す。じゃあな……」

幸吉は、新八を残して南町奉行所に急いだ。

新八は見送り、仏具屋『念珠堂』のお内儀おかよに就いての聞き込みを始めた。


「お内儀のおかよと手代の宗吉か……」

久蔵は、幸吉の報せを聞いて眉をひそめた。

「はい。二人共、姿を消してしまいました」

幸吉は報せた。

「やはりな……」

久蔵は苦笑した。

「秋山さま……」

和馬は、戸惑いを浮べた。

「和馬、柳橋の。喜左衛門が首を吊ったと聞いて念珠堂に駆け付けた時、仏は未だ鴨居からぶら下がっていたんだな」

久蔵は訊いた。

「はい。微かに揺れていましたが……」

和馬は頷いた。

「そいつだぜ。普通、身内が首を吊ったなら、直ぐにでも下ろしてやりたくなるのが人情だ。だが、喜左衛門の死体は和馬や柳橋が来てから下ろした……」

久蔵は読んだ。

「じゃあ、和馬の旦那とあっしに喜左衛門の首吊り姿を見せたくて……」

幸吉は眉をひそめた。

「ああ。それを聞いた時、何か気になってな。神楽坂の実家に戻ったおかよを太市に見張らせておいた」

久蔵は、苦笑しながら告げた。

「じゃあ、喜左衛門はお内儀のおかよと手代の宗吉に……」

和馬は眉をひそめた。

「うむ。首吊りの自害を装って殺された……」

久蔵は睨んだ。

「秋山さま。まさか、金を持ち逃げした吉兵衛も……」

幸吉は読んだ。

「ああ。おそらく、そのまさかだろう」

久蔵は、厳しい面持ちで頷いた。

「それにしても何故に……」

和馬は、苛立ちを滲ませた。

「三百両の金に眼が眩《くら》んだか、それともおかよと宗吉の不義の挙句か、その両方か……」

久蔵は、嘲笑を浮かべた。

「秋山さま……」

庭先に小者がやって来た。

「おう。うちの太市が来たかい」

「はい……」

「通してくれ」

「心得ました」

小者が出て行き、庭先に太市が現れた。

「どうした……」

「はい。念珠堂のおかよ。神楽坂の実家を出て、向島《むこうじま》の木母寺《もくぼじ》の傍の家に入り、手代の宗吉が現れました」

太市は報せた。

「やはりな……」

久蔵は苦笑した。

「ならば、秋山さま……」

和馬は、意気込んだ。

「うむ。太市、木母寺傍の家に見張りは付けてあるのか……」

「はい。向島の御隠居さまが見張ってくれていますので、此処に来る途中、笹舟に寄って女将さんに報せて来ました」

太市は告げた。

「そいつは助かった。今頃は勇次たちが向かっている筈です」

幸吉は、微かな安堵を過らせた。

「うむ。太市、御苦労だった。よし、和馬、柳橋、向島に行くぞ」

久蔵は命じた。


隅田川の流れは深緑色だった。

向島木母寺は、土手道の桜並木の途切れた先にある。

木母寺の傍には、呉服屋の隠居が暮らしていた隠居家があった。

元岡っ引の柳橋の弥平次は、太市に頼まれて隠居家を見張っていた。

隠居家には、四十歳近い大年増と三十過ぎの男がいた。

太市の話では、神田連雀町の仏具屋『念珠堂』のお内儀おかよと手代の宗吉だ。

弥平次は、木母寺の境内《けいだい》から隠居家を見張っていた。

おかよと宗吉は、隠居家に入ったまま動く気配はなかった。

土手道から勇次、由松、新八、清吉が足早にやって来た。

「おう。来たか、皆……」

弥平次は迎えた。

「こりゃあ御隠居、御造作をお掛けします」

勇次は礼を述べた。

「いや。どうって事はない。久し振りに楽しませて貰ったぜ」

弥平次は笑った。

「親分、お変わりなく……」

由松は、懐かしそうに弥平次に頭を下げた。

「おう、由松。達者にしていたかい」

「はい……」

「始末が着いたら一杯やりに来な。おまきも喜ぶぜ」

弥平次は笑った。

「はい。ありがとうございます」

「それで御隠居、見張りは……」

勇次は、弥平次に指示を仰いだ。

「うん。土手道は勿論だが、下の水神の船着場が肝心だな」

「そうですか。じゃあ、由松の兄貴、俺と新八が船着場から見張ります。兄貴と清吉は土手道から見張って下さい」

勇次は手配りをした。

「承知。じゃあ……」

由松は、弥平次に会釈をして土手道に戻って行った。

弥平次は、機敏に動く由松や勇次たちを眼を細めて眺めた。

久蔵は、和馬と幸吉を従えて向島の土手道をやって来た。

由松と清吉が迎えた。

「おう。御苦労さん。で、おかよと宗吉は……」

幸吉は訊いた。

「木母寺脇の隠居家にいます。水神の船着場は勇次と新八が見張っています」

由松は報せた。

「よし。和馬、柳橋の。肝心なのは三百両を持逃げした番頭吉兵衛の行方だ。早々に身柄を押さえて吉兵衛の行方を吐かせるのだ」

久蔵は命じた。

「心得ました。よし、柳橋の……」

和馬は、幸吉を促して木母寺の傍の隠居家に向かった。

幸吉と清吉が続いた。

「秋山さま、木母寺の境内に御隠居が……」

由松は、久蔵に告げて続いた。

「うむ……」

久蔵は、木母寺の境内に向かった。

和馬と幸吉は、由松、清吉、勇次、新八と隠居家を取り囲んだ。

「じゃあ……」

勇次は、和馬と幸吉に目配せをして板戸を開けようとした。だが、板戸は開かなかった。

「勇次……」

和馬は促した。

勇次は頷き、新八や清吉と板戸を蹴破った。

派手な音がして板戸が弾け飛んだ。

和馬、幸吉、由松が踏み込んだ。

勇次、新八、清吉が続いた。

古い隠居家は揺れた。


隠居家の中は薄暗かった。

和馬、幸吉、由松、勇次、新八、清吉は薄暗い隠居家の部屋を次々に検めた。

そして、勇次と新八が奥の座敷の襖を開けた。

奥の座敷には布団が敷かれ、半裸のおかよと宗吉が抱き合って震えていた。

「和馬の旦那、親分……」

新八は怒鳴った。

「やあ。此れ迄だよ」

勇次は苦笑した。

おかよと宗吉は項垂れた。

和馬、幸吉、清吉が入って来た。

「新八、清吉、雨戸を開けな……」

幸吉は命じた。

新八と清吉は、座敷の障子と雨戸を開けた。

座敷に日差しが溢れた。

久蔵と弥平次が庭先にいた。

「和馬、柳橋の……」

久蔵は、和馬と幸吉に尋問を促し、縁側に腰掛けた。

「おかよ、宗吉、お前たちが喜左衛門を首吊りに見せ掛けて殺したんだな」

和馬は、おかよと宗吉を見据えた。

「お役人さま。お内儀さまが殺せと、旦那さまを首吊りに見せ掛けて殺せと仰《おつしや》ったのです」

宗吉は、必死に声を震わせた。

「宗吉……」

おかよは泣き伏した。

「で、宗吉、番頭の吉兵衛はどうした」

和馬は尋ねた。

「ば、番頭さんは……」

宗吉は口籠《くちごも》った。

「和馬の旦那、親分……」

由松は、小判の入った小さな行李を持って入って来た。

「三百両ありますぜ……」

由松は、嘲りを浮かべた。

「ば、番頭さんが持ち逃げしようとしたので手前が……」

宗吉は、言い繕《つくろ》おうとした。

「宗吉……」

久蔵は遮った。

「はい……」

　宗吉は震えた。

「不義密通に主殺《しゅうごろ》し。今更、惚けても無駄だ。せめて、往生際は良くするんだな……」

　久蔵は冷笑した。

　宗吉は項垂れた。

　おかよの啜り泣きが続いた。

「宗吉、吉兵衛はどうした……」

　久蔵は、厳しく見据えた。

　隅田川からの風が吹き抜け、木洩れ日が障子に揺れた。


　仏具屋『念珠堂』番頭吉兵衛は殺され、隠居家の庭の隅に埋められていた。

　おかよは、喜左衛門殺しを企てた時、宗吉を使って呉服屋から向島の隠居家を買い取っていた。そして、献残屋『山城屋』勘三郎に借りた三百両の返済が近付いた。おかよと宗吉は、番頭吉兵衛を殺して管理していた三百両を奪って罪を着せ、喜左衛門を手に掛けて首吊りの自害に見せ掛けたのだ。

吉兵衛の女房おさだと娘のおすみ文七夫婦は、吉兵衛の死を哀しむと共に持逃げの汚名が雪《そそ》がれたのを喜んだ。

久蔵は、おかよと宗吉を死罪に処した。そして、見付かった三百両は、貸した者たちに返した。

貸した者の分からない金が四十両残った。

久蔵は、勇次と雲海坊に吉兵衛の女房おさだに供養料として渡すよう命じた。

千駄木の田畑の緑は、微風に揺れて煌めいた。

第三話

笑い者

一

朝。

降り続く雨は、不忍池の水面に小さな波紋を重ね続けていた。

通る人もいない畔には、総髪の浪人が刀を握り締めて仰向《あおむ》けに斃《たお》れ、降り続く雨に打たれていた。

雨に濡れている刀は、酷く刃毀《はこぼ》れして曲がっていた。

「此処ですね。光雲寺……」

南町奉行所吟味方与力の秋山久蔵は傘を差し、赤合羽姿の太市に誘われて不忍池の畔を進み、光雲寺の山門を潜った。

寺男は、境内の片隅にある湯灌場《ゆかんば》に久蔵と太市を誘った。

寺の湯灌場は、死人を納棺する前に清める為に設けられた場所であり、地主や家持でない者が利用した。

「此れは秋山さま……」

南町奉行所定町廻り同心の神崎和馬と岡っ引の柳橋の幸吉は、戸惑った面持ちで久蔵と太市を迎えた。

「おう。全身を滅多斬りにされ、酷い刃毀れの曲がった刀を握り締めた浪人の仏が見付かったと聞いてな……」

久蔵は、横たえられている浪人の死体に手を合わせ、厳しい面持ちで検めた。

浪人の死体には無数の刀傷が残されていた。

「湯灌の前ですが、雨に打たれて血や泥が流れ落ちて綺麗です。きっと血塗《ちまみ》れ泥まみれだったのでしょうね」

和馬は読んだ。

「うむ。斬り合った相手は一人じゃあないな」

久蔵は睨んだ。

「はい。少なくとも三人はいたかと……」

「取り立てて深い刀傷は、背中の袈裟懸《けさが》けの傷と脇腹の刺し傷か……」

「はい……」

「後ろから斬り付け、仰《の》け反《ぞ》った処を横から脇腹を刺し、後は滅多斬りか……」

久蔵は、身体に残された刀傷から斬り合いを読んだ。

「そうですか……」

和馬は、浪人の死体を見詰めた。

「して、仏の刀は……」

「此れです……」

幸吉が、抜き身を差し出した。

「うむ……」

久蔵は、抜き身を受け取って翳《かざ》し見た。

抜き身は酷く刃毀れをして曲がり、血曇りが広がっていた。

仏も人を斬っている……。

久蔵は眉をひそめた。

「秋山さま、何か……」

幸吉は、久蔵を見詰めた。

「うむ。仏も何人か斬っている。それなりの遣い手だと見て良いだろう」

久蔵は睨んだ。

「そうですか……」

「して、仏の身許《みもと》は……」

「入谷《いりや》のお地蔵長屋に住んでいる片岡誠一郎《かたおかせいいちろう》と云う浪人です」

和馬は告げた。

「そうか。それで相手の者共は……」

「それが未だ……」

和馬は、悔しさを過らせた。

「今、勇次たちが見た者がいないか捜しています」

幸吉が告げた。

「うむ。おそらく相手は五人。その内、遣い手は二人……」

久蔵は読んだ。

「五人ですか……」

幸吉は眉をひそめた。

「うむ。昨夜からの雨だ。見た者がいれば良いが……」

久蔵は、窓の外に降る雨を眺めた。

雨は降り続いた。


雨は上がった。

入谷鬼子母神《きしもじん》境内の大銀杏の木から雨の雫が滴り落ちた。

和馬と幸吉は、湯灌の終わった片岡誠一郎の遺体を棺桶に納め、人足たちに鬼子母神近くのお地蔵長屋に運ばせた。

お地蔵長屋では、大家とおかみさんたち住人が弔いの仕度をして待っていた。

和馬と幸吉は、棺桶に納めた片岡誠一郎の遺体を大家たちに引き渡した。

「御造作をお掛け致しました……」

大家は、和馬と幸吉に深々と頭を下げた。

「いいえ。処で大家さん、片岡誠一郎さんの事でいろいろ訊きたいのですが
……」

幸吉は、大家を見詰めた。

「はい……」

大家は、覚悟をしていたように頷いた。

「じゃあ……」

和馬と幸吉は、大家を鬼子母神の境内に誘った。


「片岡誠一郎さんは良い人でした……」

大家は、吐息混じりに告げた。

「良い人……」

和馬は訊き返した。

「ええ。子供の玩具《おもちゃ》を作って暮らしを立てていましてね……」

「子供の玩具……」

「はい。風車や弥次郎兵衛《やじろべえ》なんかを作って上野元黒門町の玩具屋に卸していましてね。長屋の子供たちには只であげたり、おかみさんたちを手伝ってやったり、どぶ浚《さら》いや井戸替えなんかも先頭でやってくれていました」

大家は、懐かしそうに告げた。

「そうか。良い人か……」

「はい。喧嘩や揉め事の仲裁も良く頼まれたりしていましたよ」

大家は、哀し気に告げた。

「その喧嘩や揉め事なんだが、片岡誠一郎さん、近頃、誰かと揉めてはいなかったかな」

和馬は尋ねた。

「さあ。片岡さんは、朗らかで穏やかな人柄ですから、誰かと揉めるなんて……」

大家は、首を捻った。

「ないか……」

「はい。きっと……」

大家は頷いた。

「じゃあ、恨まれるって事は……」

幸吉は尋ねた。

「恨まれる……」

大家は、幸吉に怪訝な眼を向けた。

「ええ。片岡さん、知らない処で恨みを買ってるなんて様子、ありませんでしたか……」

幸吉は訊いた。

「さあ。なかったと思いますが……」

大家は困惑を浮かべた。

「良く分かりませんか……」

「はい……」

大家は、申し訳なさそうに頷いた。

「じゃあ、片岡さん、親しく付き合っていた人はいませんでしたかね」

「ああ。それなら、村上正兵衛《むらかみせいべえ》さんてお侍さんが来ていた事がありましたね」

「村上正兵衛……」

「ええ……」

「村上正兵衛、家は何処かな……」

「さあ。存じませんが。何でも凧《たこ》作りの名人だと聞いた覚えがありますから、玩具屋での知り合いなのかもしれませんね」

大家は読んだ。

「玩具屋、上野の元黒門町でしたね」

幸吉は念を押した。

「は、はい。双六屋《すごろくや》って玩具屋です」

「双六屋……」

「はい……」

大家は頷いた。

殺された浪人の片岡誠一郎は、上野元黒門町の玩具屋『双六屋』に凧を納めている村上正兵衛と云う侍と親しいのかもしれない。

「和馬の旦那……」

「うん。元黒門町の双六屋に行ってみよう」

和馬は決めた。

「ええ……」

和馬と幸吉は、大家に礼を述べて元黒門町に向かった。


勇次、新八、清吉は、浪人片岡誠一郎の前夜の足取りを捜した。だが、昨夜は雨が降り続き、外にいた人も少なく、片岡誠一郎の足取りは、容易に摑めなかった。

勇次は、片岡と闘った相手たちも斬られたと睨んだ。そして、不忍池付近の町医者を廻り、刀で斬られた者が来なかったか尋ねた。

新八と清吉は、不忍池界隈の飲み屋を歩き、片岡誠一郎か何人かで酒を飲んでいた侍たちがいなかったか捜した。


不忍池には爽やかな風が吹き抜けていた。

上野元黒門町は不忍池の畔にあり、下谷《したや》広小路の傍にあった。

玩具屋『双六屋』は裏通りにあり、子供の客の他に玩具の行商人たちが仕入れに来ていた。

「邪魔をするよ」

和馬と幸吉は、玩具屋『双六屋』を訪れた。

「此れはお役人さま、いらっしゃいませ」

玩具屋『双六屋』の主は、怪訝な面持ちで和馬と幸吉を迎えた。

「此方は南町奉行所の神崎の旦那、あっしは岡っ引の幸吉と申します」

幸吉は告げた。

「は、はい。手前は双六屋の主の定次郎《ていじろう》です。ま、どうぞ……」

定次郎は、客を番頭たち奉公人に任せ、和馬と幸吉を帳場に誘った。

「で、何か……」

「うん。こっちに片岡誠一郎って浪人が風車や弥次郎兵衛を納めているね」

和馬は訊いた。

「はい。片岡さんが何か……」

定次郎は、戸惑いを浮べた。

「うん。今朝、不忍池の畔で斬り殺されていてね」

和馬は告げた。

「えっ……」

定次郎は、息を飲んで顔色を変えた。

「それで、いろいろ調べているのだが、片岡誠一郎、誰かと揉めていたとか、誰かに恨まれていたとかはなかったかな」

「さあ。存じませんが……」

定次郎は困惑した。

「ならば、此処に凧を作って納めている村上正兵衛って侍がいるね」

「はい……」

「その村上正兵衛さん、家は何処ですかい」

幸吉は尋ねた。

「村上さんなら、下谷練塀小路《ねりべいこうじ》の組屋敷にお住まいですよ」

「練塀小路の組屋敷……」

「和馬の旦那……」

「うん。村上正兵衛、御家人だったのか……」

和馬は知った。

微禄の御家人の中には、菊作りなどの内職をして暮らしの足しにしている者が多い。

御家人の村上正兵衛は、凧作りの内職をしているのだ。

和馬と幸吉は、定次郎に礼を述べて玩具屋『双六屋』を出た。

「あれ、親分、和馬の旦那……」

由松が、玩具屋『双六屋』を出た和馬と幸吉に駆け寄って来た。

「おう、由松……」

和馬は迎えた。

「由松、双六屋に来たのか……」

幸吉は、由松が売り物のしゃぼん玉を玩具屋『双六屋』で仕入れているのに気が付いた。

「はい。しゃぼん玉を仕入れに……」

由松は、戸惑いを浮べた。

「じゃあ、由松。浪人の片岡誠一郎さんを知っているかい……」

「ええ。片岡さんが何か……」

由松は眉をひそめた。

「不忍池の畔で殺された」

幸吉は、小声で告げた。

「えっ……」

由松は驚いた。

しゃぼん玉売りの由松は、玩具屋『双六屋』に出入りをしていた。

由松は、和馬と幸吉から片岡誠一郎斬殺の一件を聞いた。

「そうですか、片岡誠一郎さんが斬られましたか……」

由松は、吐息を洩らした。

「親しかったようだな……」

幸吉は、由松の様子を読んだ。

「人柄の良い賑やかな人でしてね。二、三度酒を飲んだ事があります」

「そうか……」

「で、殺《や》った相手は、何処の誰です……」

由松は、浮かぶ怒りを押し隠した。

「そいつは、今、勇次たちが追っている」

「そうですかい……」

「して由松、凧作りの村上正兵衛って御家人を知っているか……」

和馬は訊いた。

「はい。以前、片岡さんに引き合わせられた事があります」

由松は頷いた。

「で、村上、お前の素性、知っているのかな」

「いいえ。あっしは、岡っ引の柳橋の親分の身内だとは、誰にも云っちゃあおりません」

由松は告げた。

「そうか……」

「和馬の旦那、村上正兵衛さんが……」

由松は、和馬を見詰めた。

「いや。片岡と親しかったと聞き、何か知っているかと思ってな……」

和馬は、小さな笑みを浮かべた。


下谷練塀小路には、赤ん坊の泣き声が響いていた。

和馬と幸吉は、村上正兵衛の組屋敷を訪れた。

初老の村上正兵衛は、凧作りの手を止めて顔色を変えた。

「片岡誠一郎が……」

「ええ。誰が殺ったか心当たりありませんか……」

和馬は訊いた。

「心当たり……」

「はい……」

和馬は、村上を見据えた。

「ないな……」

村上正兵衛は、和馬から視線を外して凧を作り続けていた。

「ない……」

「左様……」

村上は、凧を作る手を止めずに頷いた。

「ならば……」

「お役人、私は何も知らぬ。仕事が忙しいのでな。引き取って戴こう……」

村上は、和馬を見据えて冷ややかに云い放った。


和馬と幸吉は、村上正兵衛の組屋敷を出て忍川《しのぶがわ》に進んだ。

「村上正兵衛さん、何か知っていますね」

幸吉は睨んだ。

「うん。それで黙っているとなると……」

和馬は読んだ。

「何かをしようとしていますか……」

「うん。何かをな……」

和馬と幸吉は、練塀小路を進んで忍川沿いの道に曲がった。

由松がいた。

「村上正兵衛さん、どうでした」

「うん。何も知らぬと云っているが、何かをしようとしている」

和馬は苦笑した。

「分かりました。暫《しばら》く見張って様子を窺い、いざとなれば懐に……」

「そうしてくれ」

和馬は頷いた。

「由松、何が潜んでいるのかわからぬ。呉々も気を付けてな」

幸吉は、厳しい面持ちで告げた。

「はい。危なくなれば、逃げ足に物を言わせますよ」

由松は笑った。


「いる……」

勇次は、思わず声をあげた。

「ああ。昨夜遅く、雨に濡れた二人の若い侍が来てな。身体中に浅手を負っており、手当をしてやった……」

五人目の町医者が、漸く勇次の聞きたい返事をした。

「で、二人の若い侍、何処の誰ですか……」

「さあて、名前は知らぬが、何処か旗本御家人の倅のようだったよ」

町医者は嘲笑を浮かべた。

「旗本御家人の倅……」

「ああ。満足に刀も扱えないのに、敵わぬ相手に粋《いき》がった真似をして怪我をした。ま、命を獲られずに済んで何より。そんな処だな」

町医者は読んだ。

「そうですか。で、何か素性の分かるような事はありませんでしたか……」

「素性か……」

「はい……」

「そう云えば、水野《みずの》純之介《じゅんのすけ》さまが御無事で何よりだったと、二人で話していたな」

町医者は笑った。

「水野純之介……」

勇次は知った。

旗本の倅の水野純之介と二人の若侍……。

浪人の片岡誠一郎を斬り殺したのは、水野純之介と二人の若侍なのか……。

勇次は読んだ。

だが……。

勇次は、微かな違和感を覚えた。


日暮れ近くになり、神田明神門前町の盛り場には飲み屋が店を開け始めた。

新八と清吉は、雨の降る昨夜に数人で酒を飲んでいた侍たちがいなかったか、尋ね歩いた。だが、雨の降る夜に数人で酒を飲む客は少なく、容易に見付からなかった。

新八と清吉は捜し歩いた。


下谷練塀小路は夕陽に照らされた。

連なる組屋敷の一軒から、村上正兵衛がお内儀に見送られて板塀の木戸門から出て来た。

村上正兵衛は、眩し気に沈む夕陽を一瞥し、神田川に向かって歩き出した。

物陰から由松が現れ、充分な距離を取って村上正兵衛を追った。

村上正兵衛は、殺された浪人の片岡誠一郎に拘る事で出掛けるのか……。

それとも、別の用なのか……。

村上正兵衛は、落ち着いた足取りだった。

由松は尾行た。

夕陽は沈み、大禍時《おおまがとき》は静かに訪れる。

二

柳橋の船宿『笹舟』の軒行燈《のきあんどん》には明かりが灯され、舟遊びの客が訪れ始めた。

勇次は、船宿『笹舟』に戻り、親分の幸吉に分かった事を報せた。

「水野純之介……」

幸吉は眉をひそめた。

「はい。今朝方、町医者に訪れた全身に浅手を負った二人の若い侍が、水野純之介さまが御無事で何よりと云っていたとか……」

勇次は報せた。

「成る程、片岡誠一郎を斬った奴らかもしれないな」

幸吉は読んだ。

「はい……」

「よし。和馬の旦那に報せ、旗本御家人の倅に水野純之介ってのがいないか捜して貰う」

幸吉は頷いた。


神田明神門前町の盛り場は賑わった。

新八と清吉は、雨の日の夜に何人かで酒を飲んでいた侍を捜し続けた。だが、盛り場の酒の匂いと賑わいは、新八と清吉の聞き込みの邪魔をした。

「此れ以上の聞き込み、今夜はもう無理だな」

新八は、進まない聞き込みに苛立った。

「うん。あっ……」

行き交う酔客を眺めていた清吉が、小さな声をあげた。

「どうした。清吉……」

「新八、由松さんだ……」

清吉は、行き交う酔客の向こうに由松の姿を見た。

「由松さん……」

「うん……」

清吉と新八は、酔客の賑わいの中を由松の許に向かった。


御家人村上正兵衛は、盛り場の飲み屋街に誰かを捜し歩いていた。

由松は、油断なく尾行た。

村上は、客を見送りに出た居酒屋の男衆を呼び止め、何事かを尋ね始めた。

由松は、物陰に潜んで見守った。

「由松さん……」

由松は、名を呼ぶ声に振り向いた。

清吉と新八がいた。

「おお……」

新八は、行き交う酔客の向こうで男衆に何事かを尋ねている村上を示した。

「あの侍ですか……」

「ああ。御家人の村上正兵衛さん。斬られた片岡誠一郎さんの知り合いだ」

由松は告げた。

村上は、男衆に礼を云って進み始めた。

「由松さん……」

「うん。新八、村上さんが男衆に何を訊いていたかだ」

「承知……」

「清吉、先に行ってくれ」

「合点です……」

新八は居酒屋に走り、清吉は村上を追った。

由松は、清吉に続いた。


村上正兵衛は、盛り場の飲み屋に誰かを捜し歩いていた。

清吉は尾行た。

由松は、清吉に続いた。

「由松さん……」

新八が追いついて来た。

「分かったかい……」

「はい。村上さん、水野純之介って旗本の倅と取り巻きの青山《あおやま》と武田《たけだ》と云う若侍を捜していますよ」

新八は、前を行く清吉の後ろ姿を見詰めた。

「旗本の倅の水野純之介と青山、武田か……」

由松は、村上正兵衛が誰を捜しているか知った。

「はい……」

新八は頷いた。

「よし……」

御家人の村上正兵衛は、旗本の倅の水野純之介と取り巻きの青山、武田と云う若侍を捜している。

水野純之介と青山、武田は、片岡誠一郎の死に拘わりがあるのか……。

村上正兵衛は、水野純之介たちを見付けてどうするつもりなのか……。

由松は、想いを巡らせた。

その夜、村上正兵衛は、水野純之介と青山、武田を見付ける事が出来ず下谷練塀小路の組屋敷に帰った。

由松は、新八や清吉と見届けた。

「よし。助かったぜ。俺は村上さんを見張る。新八と清吉は、此の事を親分に報せてくれ」

由松は命じた。

「承知しました。じゃあ……」

「気を付けて……」

新八と清吉は、由松を下谷練塀小路に残して柳橋の船宿『笹舟』に帰った。

村上正兵衛は、何をしようとしているのだ。

由松は、村上の組屋敷を眺めた。

村上の組屋敷は、夜の闇に埋もれていた。

行燈の火は、油を注ぎ足されて大きく燃えた。

新八と清吉は、幸吉と勇次に探索の結果と由松の動きを報せた。

「何、水野純之介だと……」

勇次は驚いた。

「はい。由松さんが張り付いていた村上正兵衛さん、旗本の倅の水野純之介と取り巻きの青山や武田って奴らを捜していましてね……」

新八は告げた。

「親分……」

勇次は眉をひそめた。

「ああ。町医者の処に手傷の手当てに来た若侍は青山と武田だな」

幸吉は読んだ。

「きっと……」

勇次は頷いた。

「そして、水野純之介か……」

「はい。ひょっとしたら、そいつらが片岡誠一郎さんを……」

「うむ。間違いないな……」

幸吉は頷いた。


南町奉行所の庭に木洩れ日が揺れた。

久蔵の用部屋には、幸吉が訪れていた。

「旗本の倅の水野純之介と取り巻きの青山と武田か……」

久蔵は、浮かび上がった者たちの名を幸吉から聞いた。

「はい。旗本の倅の水野純之介は、今、和馬の旦那が調べてくれています」

「うむ。して、斬られた片岡誠一郎と親しくしていた御家人の村上正兵衛なる者が、水野純之介たちを捜しているか……」

「はい。村上正兵衛さんには、由松が張り付いています」

「片岡誠一郎と村上正兵衛、どのような知り合いなのだ」

「はい。片岡は玩具の風車や弥次郎兵衛作りを生業《なりわい》にし、村上正兵衛さんは凧作りの内職をしていて……」

「成る程。そして、由松はしゃぼん玉売りか……」

久蔵は読んだ。

「はい。三人は上野元黒門町の双六屋って玩具屋での知り合いでして。村上さんが水野純之介たちを捜す理由、由松が突き止めようとしています」

幸吉は告げた。

「そうか……」

久蔵は頷いた。

「秋山さま……」

和馬が、用部屋にやって来た。

「おう。入るが良い……」

「はい……」

「して、分かったのか、旗本の倅の水野純之介……」

久蔵は、和馬に尋ねた。

「はい。本郷御弓町《おゆみちょう》に屋敷のある二千石取りの旗本水野兵庫《ひょうご》さまの三男に純之介と云う十八歳の倅がいました……」

和馬は告げた。

「二千石取りの旗本の十八歳になる三男か……」

久蔵は知った。

「はい……」

「本郷御弓町の旗本水野兵庫さま三男、水野純之介さまですね」

幸吉は念を押した。

「うん……」

「取り巻きの青山と武田も同じ年頃だな……」

久蔵は読んだ。

「きっと……」

和馬と幸吉は頷いた。

「ならば、和馬、柳橋の、片岡誠一郎を斬った者は、他にいるな」

久蔵は眉をひそめた。

「秋山さま……」

和馬と幸吉は緊張した。

「うむ。片岡誠一郎はそれなりの剣の遣い手だ。その片岡の刀の刃毀れと歪み、十七、八の旗本の倅に出来る真似じゃあない。おそらく相当な遣い手が他にいた筈だ」

久蔵は睨んだ。

「水野純之介が雇った刺客ですか……」

和馬は読んだ。

「おそらくな……」

久蔵は頷いた。

和馬は、水野純之介の人柄行状と取り巻きの青山と武田なる者の素性を追った。

幸吉は、新八と清吉に神田明神と湯島天神界隈での水野純之介、青山、武田の悪行と評判を集めろと命じた。そして、勇次と共に本郷御弓町の水野屋敷に向かった。

下谷練塀小路の村上屋敷の板塀の木戸門が開き、大きな風呂敷包みを小脇に抱えた村上正兵衛が出て来た。

由松は、物陰から見守った。

村上は、お内儀に見送られて下谷広小路に向かった。

大きな風呂敷包みの中には出来上がった凧があり、上野元黒門町の玩具屋『双六屋』に納めに行くのだ。

由松は読んだ。

よし……。

由松は、村上正兵衛を追って下谷広小路傍の上野元黒門町に急いだ。

凧、独楽《こま》、風車、手車、弥次郎兵衛、でんでん太鼓、双六、しゃぼん玉……。

上野元黒門町の玩具屋『双六屋』の店には様々な玩具が並び、玩具の行商人たちが仕入れに来ていた。

村上正兵衛は、十枚程の凧を玩具屋『双六屋』の主の定次郎に渡した。

定次郎は、村上の作った凧を一枚一枚検めて頷いた。

「相変わらず良い出来ですね。良く上がるでしょう」

定次郎は、村上に笑顔を向けた。

「そうか……」

村上は頷いた。

定次郎は、村上を労って凧の代金を払った。

村上は、代金を受け取って挨拶をし、玩具屋『双六屋』を出た。


不忍池の畔に散策を楽しむ者は少なかった。

村上正兵衛は、不忍池の畔に佇んで眩《まぶ》し気に眺めた。

「村上さん……」

由松は、背後から声を掛けた。

村上は振り返った。

「おぬし……」

「あっしはしゃぼん玉売りの由松……」

由松は名乗った。

「知っている。以前、片岡誠一郎に引き合わせてもらったな」

村上は、由松に笑い掛けた。

「はい……」

由松は頷いた。

「私に何か用か……」

「もし。もし、片岡さんを斬った奴を御存知なら教えちゃあ頂けませんか……」

由松は、村上に暗い眼を向けた。

「由松……」

「村上さん、以前、片岡さんにちらっと聞いた覚えがあるんですが、本郷は御弓町の水野純之介って野郎ですかい……」

由松は訊いた。

「由松。そいつを知ってどうする」

村上は、由松に厳しい眼を向けた。

「さあ……」

由松は、小さな笑みを浮かべた。

「由松、片岡の仇《あだ》を討つ気か……」

村上は、由松を見据えた。

「だったら、教えてくれますか……」

由松は、暗い眼で見返した。

「由松、ちょいと付き合ってくれ……」

村上は微笑んだ。


古い一膳飯屋は空いていた。

村上正兵衛は、由松を店の奥に誘って酒を頼んだ。

「此処で片岡誠一郎と良く酒を飲んだ……」

村上は、由松に運ばれた徳利を向けた。

「そうですか。畏《おそ》れ入ります」

由松は、酌を受けた。

「じゃあ……」

由松は、村上に酌をした。

「うむ……」

村上と由松は酒を飲んだ。

「由松、片岡誠一郎は知っての通りの男でな。此処で散々飲み食いをした挙句、馬鹿な因縁を付けて勘定を踏み倒そうとした愚かな旗本の倅を厳しく窘《たしな》め、熱《いき》り立った奴らを叩き伏せて笑い者にした……」

村上は、手酌で酒を飲みながら語った。

「笑い者ですか……」

「ああ……」

「それで、その愚かな旗本の倅に恨まれましたか……」

由松は、水野純之介が片岡誠一郎を恨む原因を知った。

「ああ。己の愚かな行状を棚に上げ、誠一郎を恨むとは筋違いも甚だしい。だが……」

村上は、苦い面持ちで酒を飲んだ。

「恨み続けましたか……」

由松は読んだ。

「ああ。そして、隙あらば、誠一郎の命を狙い続けた」

「愚かな真似も、過ぎれば許せぬ悪行。外道の振舞い……」

村上は、静かな怒りを浮かべた。

「で、旗本の倅たちが……」

「ああ。どうしても勝てぬ誠一郎に対し、腕の立つ刺客を雇ったようだ」

村上は、嘲りを浮かべた。

「汚ねえ真似を……」

由松は吐き棄てた。

「誠一郎を斬ったのは、おそらく雇われた刺客。愚かな旗本の倅たちは、斬られた誠一郎を滅多斬りにした。ま、そんな処だろう」

村上は、溢れんばかりの怒りを酒を飲んで鎮めようとした。

「その愚かな旗本の倅が、水野純之介なんですね」

由松は、村上を見据えた。

「ああ。そして、取り巻きの御家人の倅の青山と武田だ」

村上は告げた。

「で、村上さんはどうするつもりなんですか……」

由松は、村上の出方を窺った。

「由松、本郷御弓町の水野兵庫の屋敷の部屋住み、純之介の動きを探ってくれるか……」

村上は、由松を見据えた。

「村上さん……」

由松は緊張した。

「水野純之介を始末し、刺客を切り棄てる」

村上正兵衛は、不敵な笑みを浮かべた。

「分かりました。やってみますぜ……」

由松は頷いた。


本郷御弓町の旗本屋敷街は静寂に覆われていた。

水野屋敷は表門を閉めていた。

幸吉は、物陰から水野屋敷を窺っていた。

「親分……」

勇次が聞き込みから戻って来た。

「どうだ……」

「はい。水野純之介、近所の屋敷の奉公人や出入の商人に訊いたのですが、絵に描いたような馬鹿な旗本の倅ですよ」

勇次は、呆れたように告げた。

「そんなに酷いのか……」

幸吉は苦笑した。

「ええ……」

勇次は頷いた。

水野屋敷の表門脇の潜り戸が開いた。

幸吉と勇次は、物陰に隠れて見守った。

薬籠を提げた町医者が現れ、小者に見送られて通りに向かった。

「お医者ですぜ……」

「誰か病かな……」

幸吉は眉をひそめた。

町医者は、通りに曲がった。

「誰が病か訊いて来ます」

「ああ……」

勇次は、町医者を追った。

「ちょいと、済みません……」

勇次は、町医者を呼び止めた。

町医者は、怪訝な面持ちで振り返った。

「水野さまのお屋敷の何方が病なのですか……」

勇次は、懐の十手を見せた。

「ああ。水野さまの処の病人ですか……」

「ええ……」

「純之介って部屋住みが熱を出してな……」

町医者は苦笑した。

「純之介さまが熱を……」

「ああ。何でも雨に濡れて風邪をひいたようでな。そいつを拗《こじ》らせて熱を出した。まったく若いのに軟弱な奴だ」

町医者は嘲笑した。

「そうでしたか……」

勇次は苦笑した。

二人の若い侍がやって来た。

幸吉は、物陰から見守った。

二人の若い侍は、表門を閉めている水野家を窺った。

ひょっとしたら、水野純之介の取り巻きの青山と武田かもしれない……。

幸吉は睨んだ。

二人の若い侍は、潜り戸を叩いて小者を呼び出し、何事かを尋ねた。そして、水野屋敷から離れた。

よし……。

幸吉は、二人の若い侍を追った。

三

勇次が水野屋敷の門前に戻った時、幸吉はいなかった。

水野屋敷の誰かが出掛け、後を尾行たのかもしれない。

勇次は睨み、水野屋敷の見張りに就いた。

僅かな刻が過ぎた。

由松が現れ、何気ない面持ちで水野屋敷を窺いながらやって来た。

「由松の兄貴……」

勇次は、物陰から由松に声を掛けた。

由松は、勇次に気が付いて物陰にやって来た。

「どうしました……」

勇次は訊いた。

「うん。御家人の村上正兵衛さんに頼まれて水野純之介の野郎を探りに来たんだが……」

由松は、水野屋敷を眺めた。

「水野純之介の野郎、雨に濡れて風邪をひき、熱を出して寝込んでいますよ」

勇次は嘲笑した。

「風邪で熱を出した……」

由松は、戸惑いを浮べた。

「ええ。処で兄貴、村上正兵衛さん、何をしようとしているんですかい……」

勇次は、緊張を滲ませて尋ねた。

「そいつなんだが、村上さん、水野純之介を始末し、金で雇われて片岡誠一郎さんを斬った刺客を殺すつもりだ……」

由松は、村上正兵衛に聞いた事を勇次に話し始めた。


湯島天神境内は参拝客で賑わっていた。

二人の若い侍は、切通《きりどおし》から女坂を通って境内に入った。

幸吉は尾行た。

二人の若い侍は、尾行者を警戒する様子もなく境内に進んだ。そして、参拝もせずに片隅の茶店に入り、縁台に腰掛けた。

幸吉は、茶店に入って二人の若い侍たちと背中合わせに腰掛け、茶を頼んだ。

二人の若い侍は、運ばれた茶を飲みながら話していた。

「それにしても、武田。風邪をひいて熱を出すとはな……」

「青山、旗本の若さまなんぞ、そんなものだ」

武田と呼ばれた若侍は、蔑《さげす》みを浮かべた。

「うん。ま、熱を出してどうなろうが、金の切れ目が縁の切れ目だ」

青山は、狡猾《こうかつ》な笑みを浮かべて茶を啜った。

「ああ。笑い者にされたと恨み、闇討ちを仕掛けたとなると、見切り時かな……」

武田は、嘲りと侮《あなど》りを浮かべた。

「うん。そろそろ、他の馬に乗り換える潮時かもしれない……」

青山は笑った。

「じゃあ、捜してみるか、乗り換える新しい馬を……」

武田は、冷たく云い放った。

「ああ……」

青山と武田は茶を啜った。

幸吉は、茶を飲みながら青山と武田の話を聞いた。

所詮は取り巻き、義理もなければ人情もない。

役に立たなくなれば、乗り換えれば良い。

幸吉は、青山と武田の腹の内を知って苦笑した。

僅かな刻が過ぎた。

青山と武田は、湯島天神境内を後にした。

幸吉は追った。

青山と武田は、明神下の通りから神田川に架かっている昌平橋を渡り、両国広小路に向かった。


両国広小路は賑わっていた。

青山と武田は、両国広小路の雑踏を抜けて大川に架かっている両国橋に進んだ。

幸吉は追った。

両国橋の西詰に露天商が並び、雲海坊が托鉢《たくはつ》をしていた。

幸吉は、雲海坊を一瞥した。

雲海坊は、饅頭笠《まんじゅうがさ》を上げて頷いた。

青山と武田は、両国橋を本所に向かった。


大川には様々な船が行き交っていた。

幸吉は、両国橋を本所に進む青山と武田を尾行た。

「二人連れの若い侍ですか……」

雲海坊が追い着き、背後から囁《ささや》いた。

「ああ。青山と武田。水野純之介って旗本の倅の取り巻きでな。住んでいる屋敷の場所を突き止める」

幸吉は、青山と武田の後ろ姿を見据えたまま告げた。

「承知。じゃあ……」

雲海坊は、幸吉の前に出て青山と武田を尾行始めた。

幸吉は、雲海坊に続いた。


青山と武田は、両国橋を渡って伊勢国津藩《いせのくにつはん》江戸下屋敷の前から回向院《えこういん》の横手を通り、本所割下水《わりげすい》に出た。

本所割下水には、旗本御家人の屋敷が軒を連ねていた。

青山と武田は、割下水の処で別れた。

雲海坊は青山、幸吉は武田をそれぞれ尾行た。

青山と武田は、本所割下水の組屋敷に住む御家人の倅だった。

幸吉と雲海坊は、青山と武田の組屋敷を見届けた。

本所割下水の緩やかな流れは、鈍色に耀いた。

「どうやら、旗本の倅の水野純之介が取り巻きの青山源吾《げんご》と武田進次郎《しんじろう》、そして、雇った剣の遣い手が、浪人の片岡誠一郎を闇討ちしたのは、先ず間違いないものかと……」

和馬は、久蔵に報せた。

「うむ。して、剣の遣い手が何者かは、分かったのか……」

久蔵は尋ねた。

「それは未だ……」

「そうか。して、柳橋の。村上正兵衛は、水野純之介と雇われた遣い手を始末しようとしているのだな……」

「はい。村上正兵衛さん、由松にそう云って水野純之介を探るように頼んだそうです」

幸吉は告げた。

「そうか。して、水野純之介、今、熱を出して寝込んでいるのだな」

久蔵は苦笑した。

「はい……」

幸吉は頷いた。

「秋山さま、水野純之介と取り巻きの青山源吾と武田進次郎の浪人片岡誠一郎殺しは確か、お目付に報せますか……」

和馬は、久蔵の出方を窺った。

「いや。そいつは未だだ……」

「未だ……」

和馬は眉をひそめた。

「うむ。先ずは水野が雇った剣の遣い手が何者か突き止めてからだ……」

久蔵は、冷笑を浮かべた。

「では……」

幸吉は、久蔵の腹の内を読もうとした。

「ああ。馬鹿な旗本の倅たちに殺された片岡誠一郎の無念、晴らしてやりたいものだな」

久蔵は、不敵な笑みを浮かべた。

浪人の片岡誠一郎を斬った遣い手……。

何者なのだ。

知っているのは、水野純之介と取り巻きの青山源吾と武田進次郎……。

水野純之介が寝込んでいる今、青山源吾か武田進次郎の何方かから訊き出すしかない。

和馬と幸吉は、青山源吾と武田進次郎を見張る事にした。


本所割下水の流れは澱《よど》んでいた。

青山源吾の組屋敷は陸奥国《むつのくに》弘前藩《ひろさきはん》江戸上屋敷の西側にあり、武田進次郎の組屋敷は割下水の東にあった。

新八と清吉は、雲海坊の指示の許、青山源吾と武田進次郎を見張り、片岡誠一郎を斬った遣い手との接触を待った。


勇次は、本郷御弓町の水野屋敷を見張り、純之介の動きを探った。

純之介は、熱が引かずに寝込み続けていた。

勇次は、水野屋敷の渡り中間を手懐《てなず》けて純之介の様子を探っていた。

「どうだ……」

由松がやって来た。

「熱が引かず、寝込んだままだそうですよ」

勇次は苦笑した。

「そうか。流石《さすが》は評判の笑い者、いつ迄も締まりのない奴だな」

由松は呆れた。

「ええ……」

「で、取り巻きの奴らは……」

「青山源吾と武田進次郎は、雲海坊さんと新八、清吉が見張っています」

「そうか。奴らは本所割下水の組屋敷の者なのだな……」

由松は、厳しい面持ちで尋ねた。

「はい……」

勇次は頷いた。

「で、勇次、秋山さまは何と仰っているんだ」

由松は、勇次に探る眼差しを向けた。

「はい。親分の話じゃあ、片岡誠一郎の無念、晴らしてやりたいものだと……」

勇次は、由松を見詰めて告げた。

「そうか……」

由松は、笑みを浮かべて頷いた。

玩具屋『双六屋』には、露店で玩具を売る行商人たちが仕入れに来ていた。

村上正兵衛は、『双六屋』の店先の縁台に腰掛け、由松の来るのを待っていた。

僅かな刻が過ぎ、由松がやって来た。

「お待たせしましたね。村上の旦那……」

由松は、村上の隣に腰掛けた。

「いや。いろいろ済まぬな……」

「いいえ……」

「で、何か分かったか……」

「はい。水野純之介の野郎、雨に濡れて風邪をひき、熱を出して寝込んでいるそうですよ」

由松は、腹立たし気に告げた。

「おのれ。愚か者が……」

村上は吐き棄てた。

「それで、取り巻きの青山と武田は、本所割下水の組屋敷に住む御家人の倅だとか……」

「青山と武田、本所割下水か……」

村上は、厳しい面持ちで念を押した。

「ええ……」

由松は頷いた。

「よし……」

村上は、縁台から立ち上がった。

「村上の旦那、本所割下水ですか……」

由松は、村上の出方を読んだ。

「うむ……」

「お供しますぜ……」

由松は、小さな笑みを浮かべた。


本所割下水の組屋敷街には、托鉢する雲海坊の読む経が響いていた。

雲海坊は、新八の見張っている青山源吾の組屋敷の前に佇み、一段と声を張り上げて経を読んだ。

新八は、弘前藩江戸上屋敷の土塀の陰から見守った。

雲海坊は、板塀に囲まれた青山屋敷を覗き込みながら経を読み続けた。

だが、青山屋敷は雲海坊の経に何の反応も示さなかった。

雲海坊は諦め、経を読む声を低くして青山屋敷の木戸門前から立ち去った。

新八は見守った。

青山屋敷に動きはなかった。

雲海坊が、路地の奥からやって来た。

「御苦労さまでした……」

「ありがたい経を袖にしやがって、罰当りな奴らだ」

雲海坊は苦笑した。

「ええ。あっ……」

新八は、割下水沿いの道を由松と中年の浪人が来るのに気が付いた。

「由松さんです……」

新八は、由松と初老の浪人を示した。

「うん。一緒の浪人、村上正兵衛だな……」

雲海坊は睨み、由松と村上正兵衛を見守った。

由松は、村上正兵衛を誘うように割下水沿いをやって来た。

そろそろ青山か武田の組屋敷があり、界隈に雲海坊や新八、清吉が見張っている筈だ。

由松は、辺りを窺いながら進んだ。

新八が行く手の路地から現れ、由松と村上に向かってやって来た。

「兄い。ちょいと訊きたい事があるんだが……」

由松は、新八を呼び止めた。

「はい。なんですか……」

「此の界隈に武田さまって組屋敷はあるかな……」

「武田さまですか……」

新八は眉をひそめた。

「じゃあ、青山さまって屋敷は……」

「ああ。青山さまの組屋敷なら、此処ですぜ」

新八は、青山源吾の組屋敷を示した。

「そうかい。造作を掛けたね。助かったぜ」

由松は笑い掛けた。

「いいえ。じゃあ……」

新八は、軽い足取りで立ち去った。

「此の組屋敷か……」

村上は、青山屋敷を眺めた。

「ええ。どうします」

由松は、村上の出方を窺った。

「青山源吾から片岡誠一郎を斬った刺客が誰か訊き出す」

村上は、嘲りを浮かべた。

「はい……」

由松は頷いた。


雲海坊は、弘前藩江戸上屋敷の土塀の陰から由松と村上を見守った。

「雲海坊さん……」

新八が、背後からやって来た。

「おお、御苦労さん……」

「此れで良いんですか……」

新八は、微かな困惑を浮かべた。

「ああ。秋山さまが青山や武田を締め上げるなら、とっくにやっているさ」

雲海坊は、笑みを浮かべて久蔵の腹の内を読んだ。

「そうなんですか……」

新八は首を捻った。

「新八……」

雲海坊は、由松と村上を見詰めた。

村上が立ち去り、由松が残った。


由松は、辺りを見廻した。

雲海坊は、経を読みながら土塀の陰を出て由松に向かった。

「青山を呼び出し、御竹蔵の馬場で遣い手が誰か吐かせる」

由松は、擦れ違い様に短く囁いた。

雲海坊は、経を読む声に力を込めて通り過ぎて行った。

由松は辺りを窺い、青山屋敷の板塀の木戸門を叩いた。

「青山さま。青山源吾さま、おいでになりますか、水野純之介さまの使いの者です。青山源吾さま、水野純之介さまの使いです」

由松は、水野屋敷の木戸門を叩いて叫んだ。

青山屋敷から源吾が出て来た。

「青山源吾さまですか……」

「ああ。純之介さまの使いの者か……」

青山は、由松を警戒するように見た。

「はい。水野純之介さまがお待ちですぜ」

由松は笑い掛けた。


公儀御竹蔵は、大川と掘割で結ばれた材木蔵であり、米蔵としても使われていた。

竹蔵の南の外に馬場はあった。

由松は、青山源吾を馬場に誘って来た。

「純之介さま、此処に来ているのか……」

青山源吾は、由松に怪訝な眼を向けた。

「ええ。未だ熱がありましてね。駕籠で秘かに来ているんですよ」

由松は笑った。

「そうか……」

青山源吾は馬場に入った。

由松は続いた。


竹蔵の馬場には、小鳥の囀《さえず》りが長閑に飛び交っていた。

青山源吾は馬場に入った。

由松は、青山に続いて馬場に入り、手拭いの端を手に巻いた。

馬場には、村上正兵衛が佇んでいた。

青山は、怪訝な面持ちで立ち止まった。

「青山源吾……」

村上は、青山を厳しく見据えた。

「な、何だ、おぬしは……」

青山は、僅かに後退りした。

「水野純之介は片岡誠一郎を斬る為、何者を刺客に雇ったのだ……」

村上は、刀の鯉口《こいぐち》を切って青山に迫った。

「し、知らぬ……」

青山は、事態に気が付いて怯んだ。

「知らぬ筈はない。刺客は誰だ。云え……」

村上は迫った。

殺気が漲《みなぎ》り、小鳥の囀りが消えた。

青山は、逃げる為に身を翻そうとした。

刹那。由松が手拭いを素早く飛ばし、青山の首に巻き付けた。

青山は仰け反り、踠《もが》いた。

「静かにしな……」

由松は囁き、青山の首に巻いた手拭いを絞めた。

青山は、苦しく呻《うめ》いた。

「青山、片岡誠一郎を斬った刺客は何処の誰だ……」

村上は訊いた。

「し、知らぬ……」

青山は、嗄《しゃが》れ声を引き攣《つ》らせた。

「ならば、武田進次郎に訊く迄だ……」

村上は、冷笑を浮べて刀の柄《つか》を握り締めた。

「ひ、氷川又四郎《ひかわまたしろう》……」

青山は吐いた。

「氷川又四郎……」

村上は眉をひそめた。

「ああ……」

「その氷川又四郎、何処にいる……」

「知らぬ……」

「知らぬだと……」

「ああ。だが、浅草今戸橋の袂にある花やって飲み屋の女将の情夫《おとこ》で、いつも店にいる筈だ」

「嘘偽りは一切あるまいな」

村上は、青山を冷ややかに見据えた。

「ああ。本当だ。何もかも本当だ。だから、助けてくれ。命ばかりは助けてくれ」

青山は、土下座して醜《みにく》く命乞いをした。

「青山。今後、水野純之介に近付けば斬り棄てる。屋敷で大人しくしていろ……」

村上は、青山源吾に嫌悪と蔑みの視線を浴びせた。

氷川又四郎……。

由松は知った。

四

御竹蔵脇の馬場には、再び小鳥の囀りが飛び交い始めた。

由松と村上正兵衛は、青山源吾を残して馬場から出て行った。

出入口の物陰に雲海坊と新八がいた。

「雲海坊さん……」

新八は、雲海坊の指示を待った。

「うん。氷川又四郎、浅草今戸橋の袂にある飲み屋の花やの女将の情夫だ。親分と和馬の旦那に報せろ」

雲海坊は命じた。

「合点です」

新八は、大川に架かっている両国橋に向かって走り出した。

「よし……」

雲海坊は、薄汚れた衣を翻し、坊主には似合わない足取りで大川沿いを浅草吾《あ》妻橋《づまばし》に急いだ。


新八は両国橋を渡った。

「新八……」

勇次の声がした。

新八は立ち止まり、声のした方を見た。

勇次と塗笠を被った着流しの久蔵が、雑踏の中から現れた。

「勇次の兄貴、秋山さま……」

新八は、安堵を滲ませた
「由松さんが割下水に行っただろう」

勇次は訊いた。

「はい。村上正兵衛さんと一緒に……」

新八は、村上正兵衛と由松が青山源吾を脅し、片岡誠一郎を斬った刺客が氷川又四郎だと吐かせ、浅草に向かった事を報せた。

「よし。俺と勇次は此のまま浅草に行く。新八は和馬と柳橋に報せてくれ」

久蔵は命じた。

「承知しました」

新八は走り、久蔵と勇次は浅草に急いだ。


隅田川の流れは煌めいた。

浅草今戸橋は、浅草広小路から隅田川沿いに花川戸町、山之宿町、金龍山下《きんりゅうざんした》瓦町《かわらまち》と続き、次の今戸町との間を流れる山谷堀に架かっていた。

由松と村上正兵衛は、今戸橋を渡って今戸町に入った。

今戸橋の袂にある飲み屋の花や……。

由松と村上は探した。

今戸橋の北の袂は今戸町であり、南の袂は金龍山下瓦町だ。

両方の袂にそれらしい店はなかった。

「ちょいと待っていて下さい」

由松は、村上を今戸橋に残して聞き込みに走った。

「ああ。飲み屋の花やなら、今戸橋の北詰、今戸町の隅田川寄りにあるよ」

今戸町の花屋を兼ねた茶店の老亭主は、笑みを浮べて告げた。

「今戸町の隅田川寄りですか……」

由松は念を押した。

「ああ。小さな古い飲み屋でね。日暮れ前に女将さんが来て店を開けるから、それ迄は只の町家にしか見えないよ」

老亭主は、歯のない口元を綻《ほころ》ばせた。

「女将さん、名前は……」

「おきょうって年増だよ」

「女将のおきょう、店の花やには通いで来ているんですかい……」

由松は訊いた。

「ええ。家で酒の肴《さかな》を作って持って来ているんだよ」

「へえ。そうなんだ。で、家は何処か、知っていますか……」

「さあ、そこ迄は知らないな」

老亭主は首を捻り、店先の墓に供える花の手入れを始めた。

潮時だ……。

「父っつあん、邪魔をしたね。助かったよ」

由松は、礼を云って茶店から離れた。


飲み屋『花や』は、今戸町の隅田川寄りにある古い小さな家だった。

「どうやら、此の家のようですね」

由松は、古い小さな家を眺めた。

「うむ。して、女将はおきょうと云う名前なんだな」

「はい。年増で日暮れ前に来て店を開けるそうです」

由松は告げた。

「よし。ならば、待つしかないか……」

村上は眉をひそめた。

「はい。日暮れ迄には未だ一刻半（三時間）はあります。此処はあっしが見張りますが、どうします」

由松は告げた。

「うむ。橋場に生徳寺と云う知り合いの寺がある。そこで日暮れを待とう」

「橋場の生徳寺ですね」

「うん……」

「分かりました。何かあれば直ぐに報せます」

由松は頷いた。

「じゃあ、由松、宜しく頼む……」

村上は、由松に頭を下げて隅田川沿いの道を橋場に向かった。

由松は見送った。

村上は、隅田川の川風に吹かれながら遠ざかって行った。

横手から托鉢坊主が現れ、饅頭笠を上げて由松を一瞥して村上の後に続いた。

雲海坊の兄貴……。

由松は、托鉢坊主が雲海坊だと気が付いた。

「由松さん……」

勇次が現れた。

「おう……」

「此処ですか、氷川又四郎の情婦《おんな》の店……」

勇次は、古い小さな家を眺めた。

「ああ。日暮れに通って来るそうだ」

「そうですか。秋山さまが……」

「お見えかい……」

「はい……」

勇次は頷いた。


浅草橋場町は、花川戸町から続く隅田川沿いの最後の町であり、寺が多かった。

村上正兵衛は、古寺生徳寺の山門を潜った。

雲海坊は、古寺生徳寺の山門に走って境内を覗いた。

村上が本堂の裏に廻って行くのが見えた。

雲海坊は、本堂に進んで裏を見た。

本道の裏には小さな墓地があり、線香の香りが漂っていた。

雲海坊は、墓地に近付いて中を窺った。

村上は、墓地の奥にある墓に手を合わせていた。

誰の墓だ……。

雲海坊は眉をひそめた。

金龍山下瓦町の蕎麦屋《そばや》の二階からは、隅田川に流れ込む山谷堀と飲み屋『花や』の表が見えた。

久蔵、由松、勇次は、蕎麦を食べ終えた。

「して、花やの女将は、おきょうと云う年増なのだな……」

「はい。ひょっとしたら氷川又四郎と暮らしているのかもしれません」

由松は読んだ。

「うむ。通いと云っても、酒の肴を作って来るなら家は遠くはあるまい……」

久蔵は睨んだ。

「はい。今戸町、金龍山下瓦町、それに新鳥越町辺りですか……」

由松は頷いた。

「分かりました。ちょいと自身番を廻って来ます」

勇次は立ち上がった。

「頼むぜ……」

由松は頷いた。

「勇次、俺の勘じゃあ、新鳥越かな……」

久蔵は、小さな笑みを浮かべた。

「じゃあ、新鳥越町から……」

勇次は、軽い足取りで蕎麦屋の二階から下りて行った。

「して、由松。村上正兵衛、氷川又四郎に勝てそうなのか……」

久蔵は尋ねた。

「さあ、あっしには……」

由松は眉をひそめた。

「分からぬか……」

「はい。只、氷川又四郎は片岡誠一郎を斬った手練《てだ》れ、村上正兵衛は既に四十を過ぎた男。体力的には厳しいかと……」

由松は読んだ。

「そうか……」

久蔵は頷いた。

「はい。じゃあ、あっしも下に……」

「うむ……」

「御免なすって……」

由松は、久蔵を残して蕎麦屋の二階から下りて行った。

久蔵は、窓の外を眺めた。

窓の外には、猪牙舟が隅田川から山谷堀に入って来るのが見えた。

新吉原に行く舟か……。

久蔵は眺めた。

由松は、今戸橋の袂から飲み屋『花や』を見張った。

「由松さん……」

新八が、和馬と幸吉を誘って来た。

「親分、和馬の旦那……」

由松は迎えた。

「氷川又四郎って奴の情婦の店は……」

「あそこの古い家です……」

由松は、山谷堀の向こうの古い小さな家を示した。

「そうか。で、秋山さまは……」

「山谷堀を挟んだ蕎麦屋の二階に……」

由松は、蕎麦屋を示した。

「よし……」

和馬は、蕎麦屋に向かった。

「で、由松、どうなっている……」

幸吉は、由松に仔細を尋ねた。

「はい。女将のおきょうは日暮れに店に来るそうでして、今、勇次が新鳥越町の自身番に聞き込みに行っています……」

由松は、幸吉と新八に現状を詳しく報せた。


「今戸の飲み屋の花やの女将、おきょうさんねえ……」

新鳥越町の自身番の店番は、町内名簿を捲《めく》った。

「ええ。店には日暮れに通って来るそうですが、何処に住んでいるのか分からなくて……」

勇次は首を捻った。

「ああ。この女《ひと》だな……」

「いましたか。おきょうさん……」

勇次は、身を乗り出した。

「きょう、下総《しもうさ》生まれ。一人身で今戸で飲み屋を営んでいる……」

店番は、町内名簿を読んだ。

「家は何処ですか……」

「ええと。家は此の先の秀桂寺の裏ですね」

店番は告げた。

「秀桂寺の裏の家ですね……」

勇次は念を押した。

「ええ……」

「助かりました。じゃあ……」

勇次は、礼を云って自身番を出た。

「勇次の兄貴……」

新八が駆け寄って来た。

秀桂寺には経が満ちていた。

勇次と新八は、秀桂寺の土塀沿いの道を通って裏手に出た。

裏手には、秀桂寺の家作らしい家があった。

「此処ですかね、おきょうの家は……」

新八は眺めた。

「うん。ひょっとしたら氷川又四郎がいるかもしれない。気を付けろ」

「はい……」

勇次と新八は、木陰に潜んでおきょうの家を窺った。

僅かな時が過ぎた。

おきょうの家の裏口の板戸が開き、年増が井戸端に出て来て野菜を洗い始めた。

「おきょうですね……」

新八は囁いた。

「うん……」

勇次は頷いた。

おきょうは、井戸端で野菜を洗って家に戻って行った。

「客に出す肴を作っているようですね」

新八は読んだ。

「ああ……」

勇次は、厳しい面持ちで頷いた。

おきょうの家の腰高障子が開いた。

勇次と新八は、素早く茂みに身を潜めた。

総髪に袴姿の背の高い侍が現れ、周囲を鋭い眼差しで見廻した。

勇次と新八は、茂みに蹲《うずくま》って必死に息を止めて堪えた。

背の高い侍は、周囲に不審な事はないと見定め、秀桂寺の土塀沿いの道を通りに進んだ。

勇次と新八は、大きな吐息を洩らした。

「勇次の兄貴……」

「ああ。野郎が氷川又四郎だ……」

勇次は見定めた。

「ええ……」

新八は、喉を鳴らして頷いた。

「よし。追うぞ……」

勇次と新八は、秀桂寺の土塀沿いの道に向かった。

おきょうの家から煮物の匂いが漂い始めた。


氷川又四郎は、新鳥越の通りを北に進んだ。

勇次と新八は、充分に距離を取って慎重に尾行た。

氷川は、通りを東に曲がって寺の連なりに入った。そして、小さな古寺の裏に廻った。

勇次と新八は尾行た。


氷川は、小さな古寺の裏門に向かった。

裏門には、二人の三下がいた。

氷川は、二人の三下に声を掛けて小さな古寺に入った。

勇次と新八は見届けた。

「賭場《とば》ですぜ……」

新八は睨んだ。

「ああ。賭場の用心棒でもしているのかもな。俺が見張る。親分たちに報せろ」

勇次は命じた。

「承知。じゃあ……」

新八は走った。


浪人の氷川又四郎は、新鳥越町三丁目にある小さな古寺の賭場にいる……。

新八は、久蔵、和馬、幸吉、由松に報せた。

「氷川又四郎、賭場にいるか……」

久蔵は眉をひそめた。

「はい。勇次の兄貴が見張っています……」

新八は、息を鳴らして頷いた。

「よし。由松、村上正兵衛に氷川又四郎がいたと報せ、連れて来るのだ」

久蔵は命じた。

「はい……」

由松は頷き、蕎麦屋の二階から下りて行った。

「和馬、柳橋の、賭場に行く……」

久蔵は、刀を手にして立ち上がった。

由松は、浅草橋場町にある生徳寺を訪れた。

「由松……」

山門の前に雲海坊がいた。

「雲海坊さん……」

「村上正兵衛、墓参りに来たようだ……」

「墓参り……」

由松は眉をひそめた。

「うん。寺男に訊いたんだが、子供の頃に病で死んだ倅の墓だそうだ……」

「倅の墓……」

村上正兵衛は、氷川又四郎との勝負を控えて倅の墓参りに来ていた。

「やあ、どうした……」

生徳寺から村上が出て来た。

「村上さん、氷川又四郎が現れましたよ」

由松は報せた。

「氷川又四郎、漸く現れたか……」

村上は微笑んだ。

小さな古寺の裏門に、久蔵、和馬、幸吉が新八に誘われて来た。

勇次が迎えた。

「どうだ……」

「氷川又四郎、やはり賭場の用心棒でしたよ」

勇次は、三下たちが開帳の仕度をしている古寺を示した。

「さあて、どうします」

和馬は、久蔵に出方を尋ねた。

「うむ。何事も村上正兵衛が来てからだ」

久蔵は、小さく笑った。

「秋山さま……」

幸吉が一方を示した。

由松が村上正兵衛を誘って来た。

「さあて、村上正兵衛、どうするか……」

久蔵たちは見守った。

「どうします……」

由松は、村上正兵衛に出方を聞いた。

「呼び出す」

村上は、裏門にいる二人の三下に近付いた。

「氷川又四郎、来ているな……」

「へ、へい……」

三下は頷いた。

「水野純之介の使いの者だ。呼んで貰おう」

村上は、三下を見据えて告げた。

「へ、へい。少々お待ちを……」

三下の一人が、古寺に入って行った。

由松は苦笑した。

僅かな刻が過ぎ、古寺から氷川又四郎が三下を従えて出て来た。

「やあ。氷川又四郎さんか……」

村上は笑い掛けた。

「おぬしが水野純之介の……」

氷川は、警戒を浮かべた。

「私は、お前たちに闇討ちされた片岡誠一郎の友だ……」

村上は遮った。

「何……」

氷川は身構えた。

「片岡誠一郎の無念を晴らす」

村上は、静かに刀を抜き払った。

「黙れ……」

氷川は、村上に鋭く斬り掛かった。

村上は斬り結んだ。

「大変だ……」

二人の三下が驚き、古寺に報せに走った。

由松が襲い掛かり、三下の一人を倒した。

残る一人が古寺に駆け込んだ。

村上と氷川は、激しく斬り結んだ。

古寺から博奕《ばくち》打ちたちが出て来た。

由松が立ちはだかった。

「何だ、手前……」

博奕打ちたちは、熱り立った。

幸吉、雲海坊、勇次、新八が駆け寄り、由松と並んで身構えた。

「余計な手出しは、命取りだぜ」

幸吉は、嘲笑を浮かべて十手を構えた。

博奕打ちたちは怯んだ。

氷川は、村上と斬り結びながら由松や幸吉に気が付いた。そして、離れた処に着流しの久蔵と和馬が佇んでいるのを知った。

「おのれ……」

氷川は焦り、村上に激しく斬り掛かった。

村上は、巧みに躱しながら斬り結んだ。


「村上正兵衛、中々の遣い手ですね」

和馬は感心した。

「うむ。だが、そろそろだな……」

久蔵は、足元の小石を拾った。

村上の二の腕から血が飛んだ。

氷川は、斬り付けた。

村上は、片膝を突いて刀で受けた。

氷川は、上段から間断なく刀を叩きつけるように斬り付けた。

村上は、刀を頭上に構えて必死に受けた。

久蔵は、片岡誠一郎の刀が曲がっていたのを思い出した。

片岡誠一郎は、氷川又四郎の猛烈な斬り込みを躱そうとして、背後から袈裟懸けに斬られた……。

久蔵は読んだ。

氷川は、尚も村上に激しく斬り付けていた。

村上の斬られた二の腕から血が流れた。

潮時……。

久蔵は、拾った小石を氷川に投げ付けた。

氷川は、飛来した小石を咄嗟に身体を引いて躱した。

刹那、村上正兵衛は刀を横薙《よこな》ぎに一閃《いっせん》した。

氷川又四郎は、横薙ぎに斬られた腹から血を流し、大きく仰け反って倒れた。

村上は、その場に座り込み、肩で大きな息を吐き続けた。

「見事だ……」

久蔵は笑い掛けた。

「おぬしは……」

「南町奉行所の秋山久蔵……」

「そうですか、御助勢忝《かたじけな》い……」

村上は礼を述べた。

「村上の旦那……」

由松が、村上に駆け寄った。

「由松、お陰で片岡誠一郎の無念を晴らせた。いろいろ世話になった……」

村上は、由松に頭を下げて礼を述べた。

「いいえ……」

由松は笑った。

「由松、おぬし……」

村上は、由松に怪訝な眼を向けた。

「旦那、あっしはしゃぼん玉売りが稼業ですが、お上の御用を承っている柳橋の幸吉親分の身内でしてね」

由松は苦笑した。

「そうか。そうだったか……」

村上は頷き、微笑んだ。

「よし。和馬、柳橋の、氷川又四郎の死体を始末し、本所割下水の青山源吾と武田進次郎を押さえて詳しい口書を取れ」

久蔵は命じた。

「心得ました……」

和馬と幸吉は頷いた。

「俺は水野純之介を始末する」

久蔵は、不敵な笑みを浮かべた。

本郷御弓町に二千石取りの旗本水野兵庫の屋敷はあり、倅の純之介が暮らしていた。

純之介は三男の部屋住みであり、今は風邪で熱を出して寝込んでいた。

締まりのない軟弱者……。

家来や奉公人たちは、陰で笑い者にしていた。


久蔵は、水野屋敷を訪れて当主の兵庫に逢った。

「南町奉行所の秋山久蔵が旗本の水野家に何用かな……」

水野兵庫は、傲慢《ごうまん》で横柄《おうへい》な眼を向けた。

「過日、町奉行所支配の浪人を闇討ちした者たちを捕らえたのですが、その者たちによれば、浪人闇討ちを企て、刺客を雇ったのは水野純之介どのだと証言しましてね」

久蔵は、冷ややかに告げた。

「な、何……」

水野兵庫は驚き、狼狽えた。

「それ故、闇討ちをした経緯《いきさつ》を調べた処、純之介どのが一膳飯屋の僅かな勘定を踏み倒そうとして、その浪人に懲らしめられ、笑い者にされたと恨んでの企てだと……」

久蔵は苦笑した。

「あ、秋山、それは真か……」

水野兵庫は、嗄れ声を引き攣らせた。

「如何にも、此れから純之介どのの日頃の行状と取り巻きの者共の証言を御目付に差し出す手筈。先ずは、前以て水野さまにお報せをと伺いました。では……」

久蔵は、立ち上がろうとした。

「あ、秋山……」

「何か……」

「どうしたら良い……」

「さあ。今更、どうしようもありますまい」

久蔵は、冷たく突き放した。

此のままでは、純之介は切腹、父親の兵庫は良くて隠居、水野家は減知を免れない。

「おのれ、純之介の虚《うつ》け者が……」

水野兵庫は、倅の純之介を罵《ののし》り恨んだ。

身から出た錆《さび》……。

愚かな倅を甘やかした報いなのだ。

久蔵は、腹立たしさを覚えながら水野屋敷を後にした。


評定所は、水野純之介に切腹を命じた。

純之介は泣き喚いた。そして、涙と鼻水で汚れた顔で切腹の真似をさせられ、介錯人に首を斬られて絶命した。

その往生際の悪さと、汚れた顔の醜さを世間は笑った。

笑い者は、最期まで笑い者だった。

哀れな奴だ……。

久蔵の腹立たしさは、容易に消え去る事はなかった。

第四話
日本橋

一

南町奉行所定町廻り同心の神崎和馬は、岡っ引の柳橋の幸吉、下っ引の勇次と市中見廻りに出た。

外濠数寄屋橋《すきやばし》御門内の南町奉行所から京橋、日本橋……。

和馬、幸吉、勇次は、京橋を渡って日本橋に向かった。

日本橋の通りの左右には様々な店が連なり、多くの人が忙しく行き交っていた。

やがて、日本橋が見えて来た。

日本橋は外濠から江戸湊に流れる日本橋川に架かっており、南詰には高札場があった。

和馬、幸吉、勇次は、南詰の高札場に差し掛かった。

高札場には公儀の触書を貼った高札が立っており、見上げている者や待ち合わせの者たちがいた。

和馬は、不意に立ち止まった。

「和馬の旦那……」

幸吉は、怪訝な面持ちで和馬に声を掛けた。

「柳橋の、あの娘、此処二、三日、いつもあそこに来ているな……」

和馬は、日本橋の南の袂に佇む十七、八歳の娘を示した。
十七、八歳の娘は、お店の奉公人の形《なり》をしており、通りを行き交う人々に誰かを捜していた。
「気が付きませんでしたが、誰かが来るのを待っているようですね」

幸吉は、十七、八歳の娘を眺めた。

「うん……」

和馬は頷いた。

「気になりますか……」

「まあな……」

「じゃあ、勇次。ちょいと見張って、娘の名前と素性、何をしているのか突き止めな。旦那と俺は一廻りしてくるぜ」

幸吉は命じた。

「承知……」

勇次は頷いた。

「勇次、娘の迷惑にならないようにな」

和馬は懸念した。

「心得ました」

「じゃあ……」

和馬と幸吉は、日本橋を渡って行った。

勇次は見送り、日本橋の袂に佇んでいる十七、八歳の娘を窺った。

娘は、高札場に来る者や通りを行き交う人々に誰かを捜していた。

勇次は、娘を見守った。

娘が駆け寄る者や娘に駆け寄る者は、誰一人として現れなかった。

娘は、哀し気に眉を曇らせた。

刻が過ぎ、巳《み》の刻四つ（午前十時）を報せる寺の鐘の音が響いた。

娘は、諦め切れない様子で日本橋の袂を離れた。

よし……。

勇次は、娘の尾行を始めた。


娘は、日本橋の通りを横切って青物町に向かった。

勇次は追った。

青物町の先には楓川《もみじがわ》があり、架かっている海賊橋を渡ると八丁堀だ。

娘は、海賊橋を渡らず、本材木町の通りを南に進んだ。そして、小さな店の川風に揺れている暖簾を潜った。

勇次は見届けた。

小さな店の揺れる暖簾には、甘味処『もみじ』の文字が染め抜かれていた。

甘味処もみじ……。

勇次は、暖簾の文字を読んだ。

甘味処『もみじ』から娘が片襷《かただすき》の前掛け姿で現れ、店先の掃除を始めた。

奉公人か……。

娘は、店先の掃除をして水を打ち、店の中に戻って行った。

それとも娘か……。

勇次は、甘味処『もみじ』を見守った。

甘味処『もみじ』には、客が訪れ始めた。

「いらっしゃいませ……」
十七、八歳の娘は、明るい声で客を迎えていた。
甘味処『もみじ』には、十七、八歳の娘の他に大年増の女将がいた。

勇次は、木戸番に向かった。


「甘味処のもみじかい……」

老木戸番は、甘味処『もみじ』のある方を眺めた。

「ええ。旦那は……」

「義平《ぎへい》さんって六十過ぎの旦那で、いつも板場に入っているよ」

老木戸番は告げた。

「旦那の義平さん、家族は……」

「店を取り仕切っているおとよっておかみさんと二人だよ」

「若い娘は……」

「ああ。おすずちゃんかな……」

「おすずちゃんですか、十七、八歳ぐらいの娘……」

勇次は、十七、八歳の娘の名を知った。

「うん。おすずちゃんは娘じゃあなくて奉公人だけど、義平さんとおとよさんが可愛がり、頼りにしていて娘同然って処かな……」

老木戸番は笑った。

「へえ。娘同然ですか……」

「うん。おすずちゃん、子供の頃から年季奉公していた呉服屋が潰れ、いろいろ苦労していた時、義平さんが引き取ってね。おすずちゃん、それに恩義を感じて一生懸命に働いて、今じゃあ仲の良い三人親子のようだ」

老木戸番は眼を細めた。

「そうなんですか……」

「で、おすずちゃんがどうかしたのかい……」

老木戸番は、戸惑いを浮べた。

「いえ。別にどうって事じゃあないんですが、高札場で時々、見掛けたものでしてね」

「ほう。そうなんだ……」

何も知らない……。
勇次は、老木戸番がおすずの動きを何も知らないと睨んだ。
勇次は、木戸番の処から甘味処『もみじ』を見張りに戻って来た。
甘味処『もみじ』の前には、派手な半纏を着た男がおり、店内を窺っていた。
何だ……。
勇次は眉をひそめた。
派手な半纏を着た男は、勇次の視線に気が付いたのか、その場から足早に立ち去った。
勇次は追った。
派手な半纏を着た男は、日本橋の通りに走った。
勇次は、追って日本橋の通りに出た。
日本橋の通りには多くの人が行き交い、派手な半纏を着た男の姿は既に見えなかった。
何処の誰だ……。

どうして、もみじを窺っていたのか……。

勇次は、想いを巡らせた。

甘味処のもみじに何かあるのか……。

勇次は、甘味処『もみじ』に戻った。


甘味処『もみじ』に変わった様子はなく、それなりに繁盛していた。

よし……。

勇次は、甘味処『もみじ』の暖簾を潜った。


「いらっしゃいませ……」

おすずの明るい声が勇次を迎えた。

「おう。邪魔するよ……」

勇次は、戸口近くに座って安倍川餅を注文した。

「はい。安倍川餅、只今、お持ち致します」

「うん。処で今、派手な半纏を着た客は来なかったかい……」

勇次は、それとなく探りを入れた。

「いいえ。お見えになりませんでしたよ」

「そうか……」

派手な半纏を着た男は、店に入らず外から窺っていただけなのだ。

「じゃあ……」

おすずは、勇次に茶を出して板場に注文を通しに行った。

勇次は、茶を飲みながら店内の様子を窺った。

店内は汁粉や団子を楽しむ女客で賑わい、おすずとおとよが忙しく働いていた。

変わった様子は窺えない……。

勇次は見定めた。

「おう。安倍川餅、上がったよ……」

老爺が、板場から盆に載《の》せた安倍川餅を差し出した。

亭主の義平だ……。

勇次は知った。

「お待たせ致しました……」

おすずは、安倍川餅を勇次の許に持って来た。

「おう。こいつは美味そうだ……」

「美味そうじゃあなくて、美味いんですよ」

おすずは、明るく笑った。

「そいつはすまねえな」

勇次は、安倍川餅を食べ始めた。

おすずや店に変わった様子はない……。

派手な半纏を着た男は、何者なのか……。

勇次は、安倍川餅を食べながら想いを巡らせた。

安倍川餅は美味かった。


夕暮れ時が近付いた。

日本橋の通りを行き交う人々は、仕事仕舞いの時も近付いて皆足早になっていた。

そろそろ、和馬の旦那と親分が市中見廻りから戻って来る頃だ。

勇次は、日本橋の高札場に戻った。

高札場にいる者も少なくなっていた。

勇次は、日本橋の袂に佇んだ。

僅かな時が過ぎた。

「おう……」

幸吉と和馬が、日本橋を渡って来た。

「親分、和馬の旦那……」

「どうだ……」

幸吉は尋ねた。

「はい。いろいろと分かりました……」

勇次は頷いた。

「よし。蕎麦でも手繰《たぐ》りながら聞かせて貰おうか……」

和馬は、傍らにある蕎麦屋を示した。


晩飯時前の蕎麦屋は空いていた。

和馬、幸吉、勇次は、奥の衝立《ついたて》の陰に座って蕎麦を肴に酒を飲み始めた。

勇次は、おすずを見張って分かった事を和馬と幸吉に報せた。

「名前はおすずか……」

和馬は、酒を飲んだ。

「奉公先の甘味処もみじの老夫婦にも可愛がられているか……」

幸吉は、手酌で酒を飲んだ。

「はい……」

勇次は、蕎麦を手繰りながら頷いた。

「で、派手な半纏を着た男がもみじを窺っていたか……」

「はい……」

「そいつが何者か気になるな……」

和馬は眉をひそめた。

「ええ……」

幸吉は頷いた。

「暫くおすずともみじを見張ってみますか……」

勇次は、蕎麦を食べ終わり、手酌で酒を飲み始めた。

「そうだな。何もなけりゃあ良いが、何かあった時は寝覚めが悪い。ちょいと見張ってみるか……」

幸吉は告げた。

「はい……」

勇次は頷いた。

「造作を掛けるな、勇次……」

和馬は労った。

陽が暮れ、蕎麦屋は客で賑わい始めた。


和馬の江戸市中見廻りは、幸吉と清吉がお供をした。

勇次は、新八と共に甘味処『もみじ』を見張った。

「あそこですか、甘味処のもみじ……」

新八は、楓川に架かっている海賊橋の袂から未だ暖簾を出していない甘味処『もみじ』を眺めた。

「ああ……」

勇次は頷き、辺りを見廻した。

派手な半纏を着た男はいない……。

勇次は見定めた。

甘味処『もみじ』から主の義平が現れ、店の雨戸を開け始めた。

「旦那の義平さんだ……」

勇次は告げた。

「はい……」

新八は頷いた。

甘味処『もみじ』からおすずが出て来た。

「おすずだ……」

「はい……」

勇次と新八は、おすずを見守った。

おすずは、義平と何事か言葉を交わし、前掛けと片襷を外しながら楓川沿いを海賊橋に向かった。

勇次と新八は見守った。

おすずは、楓川沿いの道から青物町に曲がった。

「高札場だな。よし、おすずは俺が見張る。新八はもみじを頼む……」

「承知……」

新八は頷いた。

勇次は、おすずを追った。

日本橋の高札場には多くの人がいた。
おすずは、高札場にいる人たちを見ながら日本橋の袂に進んだ。
勇次は、物陰から見守った。
おすずは、高札場に来る者や日本橋の通りを行き交う人々に誰かを捜した。
勇次は、おすずが眼を凝らす相手が女だと気が付いた。
おすずが待つ相手は女……。
勇次は知った。
おすずは、何か拘わりのある女が来るのを待っているのだ。
勇次は、おすずを見守った。
おすずは、日本橋の袂、高札場の端に佇んで誰かが来るのを待った。
高札場には多くの人が訪れ、日本橋の通りには多くの人が行き交った。
おすずは佇み、勇次は物陰から見守った。
刻は過ぎた。
巳の刻四つの鐘の音が聞えた。
待っている相手は、今日も来なかった。
おすずは、哀し気に日本橋の袂を離れ、重い足取りで日本橋の通りを横切り、青物町に向かった。

勇次は追おうとした。

派手な半纏を着た男が、日本橋から下りて来ておすずに続いた。

野郎……。

勇次は、派手な半纏を着た男を見定め、追った。

二

おすずは、甘味処『もみじ』に戻った。

派手な半纏を着た男は、甘味処『もみじ』に入って行くおすずを見送った。

勇次は、海賊橋の袂にいる新八に駆け寄った。

「勇次の兄貴……」

新八は、厳しい面持ちで派手な半纏を着た男を示した。

「ああ。昨日、うろうろしていた野郎だ」

勇次は、派手な半纏を着た男を見詰めた。

派手な半纏を着た男は、甘味処『もみじ』の様子を窺った。

甘味処『もみじ』には客が出入りした。

派手な半纏を着た男は、甘味処『もみじ』の前から離れ、楓川沿いの道を青物町に戻り始めた。

「野郎が何処の誰か突き止めるぜ」

勇次は笑った。

「承知……」

新八は頷いた。

勇次と新八は、派手な半纏を着た男を追った。


派手な半纏を着た男は、日本橋を足早に渡って室町に進んだ。

勇次と新八は追った。

派手な半纏を着た男は、擦れ違う町娘をからかいながら進んだ。

「ちゃらちゃらした三下野郎ですね」

新八は吐き棄てた。

「ああ……」

勇次は苦笑した。

派手な半纏を着た男は、室町から神田須田町に抜けて神田八つ小路に出た。そして、神田川に架かっている昌平橋を渡った。

勇次と新八は尾行た。


神田明神は参拝客で賑わっていた。

派手な半纏を着た男は、境内の片隅にある茶店に進んだ。

勇次と新八は見守った。

茶店の縁台には、粋な形をした若い女が腰掛けていた。

派手な半纏を着た男は、茶店にいる粋な形の若い女の隣に腰掛けた。

勇次は、微かな戸惑いを浮べた。

派手な半纏を着た男は、粋な形の若い女と言葉を交わし始めた。

「勇次の兄貴……」

新八は眉をひそめた。

「ああ……」

勇次は、思わぬ成り行きに喉を鳴らして頷いた。

「よし。ちょいと盗み聞きしてくるぜ」

勇次は、新八を残して茶店に向かった。

新八は見送った。

勇次は茶店に入り、派手な半纏を着た男と粋な形の若い女の背後に腰掛け、茶を頼んだ。

「伝八《でんぱち》。じゃあ、おすず、日本橋の高札場に行っているのかい」

若い女は訊いた。

「ええ。おこまの姐さんの云う通り、律義に高札場に行っていますよ」

伝八と呼ばれた派手な半纏を着た男は、嘲りを浮かべた。

「子供の頃から何でも真面目にやれば良いと思っているんだよ」

おこまの姐さんと呼ばれた若い女は、苛立たし気に吐き棄てた。

「へえ。そうなんですか……」

「ああ。それが鼻に付くんだよ」

おこまは苛立った。

「じゃあ、ちょいとからかってやりますか……」

伝八は、その眼を狡猾に光らせた。

「伝八、余計な真似はするんじゃあない。御苦労だったね。もう良いよ……」

おこまは、伝八に懐紙に包んだ金を渡した。

「こいつは、どうも……」

伝八は、嬉し気に懐紙に包んだ金を受け取った。

「それから元締がそろそろ動くそうだよ。しっかりやるんだね」

「元締が……」

伝八は、緊張を滲ませた。

「ええ。じゃあね……」

おこまは、縁台に茶代を置いて茶店から出て行った。

伝八は、立ち上がって見送った。

勇次は、茶代を払って茶店を出た。

新八が現れ、勇次におこまを追うかと目顔で尋ねた。

勇次は頷いた。

新八は、おこまを追った。

勇次は木陰に入り、伝八が動くのを待った。

伝八は、おこまと云う女の指示でおすずの動きを探っていた。

おすずが日本橋の高札場で待っていた相手は、おこまなのだ。

おこまは、おすずと待ち合わせの日本橋の高札場に行かず、伝八に様子を見に行かせていたのだ。

おこまは何者なのか……。

おすずとどんな拘りなのだ……。

そして、伝八は何者なのか……。

勇次は、伝八を見張った。

伝八は、茶店を出た。

勇次は追った。


明神下の通りは不忍池に続いている。

粋な形の若い女は、明神下の通りから不忍池の畔に進み、板塀の廻された仕舞屋に入った。

新八は見届けた。

粋な形の若い女は何者なのか……。

新八は、若い女の名前と素性を突き止めようと、聞き込む相手を捜し始めた。

伝八は、神田明神を出て神田川北岸の道を和泉橋に進んだ。

勇次は追った。

伝八は、和泉橋の袂、神田佐久間町にある商人宿に入った。

勇次は見届けた。

商人宿の屋号は『恵比寿屋《えびすや》』であり、出入りする者もいなく閑散としていた。

余り繁盛していない……。

勇次は睨んだ。

伝八は、商人宿『恵比寿屋』の泊り客なのか、それとも奉公人なのか……。

何れにしろ、真っ当な素人じゃあない。

勇次は読んだ。


不忍池の畔の仕舞屋に住む粋な形の若い女はおこまと云う名であり、近所の者の話では何処かの大店の旦那の妾《めかけ》だった。

新八は知った。

板塀の廻された仕舞屋は、静けさに覆われていた。

新八は見張った。

白髪頭の初老の旦那が現れ、おこまの家の木戸門に進んだ。

新八は、物陰に隠れて見守った。

初老の旦那は、木戸門を叩いておこまの家に声を掛けた。

勝手口から飯炊き婆さんが現れ、木戸門を開けて深々と頭を下げた。

初老の旦那は頷き、老婆と何事か言葉を交わしておこまの家に入って行った。

おこまを囲っている大店の旦那か……。

新八は睨んだ。


楓川の流れは緩やかだった。

甘味処『もみじ』には、客が途切れる事はなかった。

勇次は、楓川に架かっている海賊橋の袂に戻った。

「勇次の兄貴……」

新八が、追って戻って来た。

「おう。おこまの家や素性。突き止めたか……」

勇次は迎えた。

「ええ。おこま、不忍池の畔、茅町《かやちょう》の板塀を廻した仕舞屋に住んでいましてね。

白髪頭の大店の旦那の囲われ者ですぜ」

新八は告げた。

「大店の旦那の囲われ者か……」

勇次は頷いた。

「はい。で、兄貴の方は……」

「野郎、名前は伝八。和泉橋の袂、神田佐久間町にある恵比寿屋って商人宿に入って行ったぜ」

「伝八。商人宿の恵比寿屋ですか……」

「ああ。どうやら、おこまに頼まれておすずの動きを見定めに来ていたようだ」

勇次は告げた。

「じゃあ、おすずが高札場で待っている相手、ひょっとしたら……」

新八は眉をひそめた。

「ああ、おこまだろうな……」

勇次は頷いた。

「おこま、どうして逢いに行かないんですかね……」

「ま、いろいろあるんだろうが……」

勇次は、盗み聞きしたおこまの言葉を思い出した。

「何か……」

新八は、怪訝な眼を向けた。

「うん。伝八が入った商人宿の恵比寿屋がどうも気になってな……」

勇次は眉をひそめた。

「恵比寿屋が……」

「ああ……」

勇次は頷いた。

「勇次、新八……」

幸吉と和馬がやって来た。


勇次と新八は、蕎麦屋で幸吉と和馬に分かった事を報せた。

和馬と幸吉は、勇次と新八の報せを聞き終えた。

「そうか。おすず、おこまと云う女を待っているのか……」

和馬は知った。

「処がおこまは逢いに行かず、伝八に様子を見に寄越していたか……」

幸吉は、微かな戸惑いを浮かべた。

「ええ……」

「それにしても、おすずと同じ年頃で白髪頭の旦那の妾とはな……」

勇次は頷いた。

和馬は、おこまに想いを馳せた。

「ええ。おすずとは随分と違いますね」

「うん。して、勇次、伝八が出入りしている恵比寿屋という商人宿、気になるか……」

和馬は訊いた。

「ええ。別に此れと云って変わった様子は窺えないのですが、何となく……」

勇次は首を捻った。

「それに、おこまが元締と云っていましてね」

勇次が告げた。

「元締……」

幸吉は眉をひそめた。

「ええ。おそらくおこまを囲っている旦那の事だと思いますが……」

「旦那を元締か。和馬の旦那、こいつは何かありそうですね」

幸吉は、厳しさを滲ませた。

「ならば、商人宿の恵比寿屋とおこまの家に来た旦那を見張ってみるか……」

「ええ……」

幸吉は頷いた。

「よし。俺は此の事を秋山さまに報せる」

和馬は、厳しい面持ちで告げた。


幸吉は、勇次、由松、清吉に神田佐久間町の商人宿『恵比寿屋』、新八と雲海坊に不忍池の畔のおこまの家をそれぞれ見張らせた。

恵比寿屋は只の商人宿なのか……。

おこまを囲っている者は、只の大店の旦那なのか……。

幸吉たちは、正体を突き止めようとした。


「さあて、此奴は瓢簞《ひょうたん》から駒かな……」

久蔵は、和馬の報告を聞いて笑みを浮かべた。

「ええ。秋山さまはどう見ます……」

和馬は苦笑した。

「おこまがおすずに逢いに来ないのは、おそらく己が囲い者になっているのを引け目に思っての事だろうな……」

久蔵は読んだ。

「はい。私もきっとそうだろうと……」

和馬は頷いた。

「それも、囲っている旦那が悪事を働いているとなると、尚更の事か……」

「悪事ですか……」

「ああ。和馬、俺の見立てじゃあ、おこまの旦那は盗人の頭、元締だな」

久蔵は苦笑した。

「じゃあ、商人宿の恵比寿屋は盗人宿……」

和馬は読んだ。

「おそらくな……」

久蔵は頷いた。

「分かりました。じゃあ、白髪頭の盗賊の頭の割り出しを……」

「うむ。そいつが妾のおこまの処に現れたとなると、押込みは近いのだろう。割り出しを急ぐんだな」

久蔵は、不敵な笑みを浮かべた。


神田佐久間町の商人宿『恵比寿屋』は、主の源蔵《げんぞう》と女将のおこんの他に手代と女中がいた。そして、伝八と三人の行商人が泊り客だった。

勇次、由松、清吉は、主の源蔵と伝八たち四人の泊り客を見張った。

主の源蔵と伝八が、商人宿『恵比寿屋』から出て来た。

「源蔵が出掛ける……」

由松が睨んだ。

源蔵と伝八は、神田川に架かっている和泉橋に向かった。

「由松の兄い。俺と清吉が追います」

勇次は告げた。

「ああ。恵比寿屋は引き受けたぜ」

由松は頷いた。

勇次と清吉は、源蔵と伝八を追った。

源蔵と伝八は、神田川に架かっている和泉橋を渡って柳原通り《やなぎわらどお》りに向かった。

勇次と清吉は追った。

柳原通りの柳並木は、微風に緑の枝葉を一様に揺らしていた。

源蔵と伝八は、柳原通りを神田八つ小路に向かった。

勇次と清吉は尾行た。

源蔵と伝八は、神田八つ小路に入って神田須田町の通りに進んだ。

「何処に行くんですかね……」

「うん……」

勇次と清吉は、源蔵と伝八の後ろ姿を見据えて追った。

三

神田須田町の通りの左右には様々な店が並び、多くの人が行き交っていた。

源蔵と伝八は立ち止まり、斜向かいの店を眺めた。

「勇次の兄貴……」

「うん……」

勇次と清吉は、源蔵と伝八の視線の先を窺った。

視線の先には、大名旗本家御用達の金看板を何枚も掲げた薬種問屋『大黒堂《だいこくどう》』があった。

源蔵と伝八は、薬種問屋『大黒堂』の店内を窺い、再び歩き始めた。

「兄貴……」

清吉は追おうとした。

「清吉……」

勇次は止めた。

「えっ……」

清吉は、怪訝な面持ちで立ち止まった。

薬種問屋『大黒堂』から手代が現れ、源蔵と伝八に続いた。

「あいつ……」

「おそらく仲間だ。追うぜ……」

勇次は睨み、清吉を促して追った。

源蔵と伝八は、路地に入った。

手代は続いた。

勇次と清吉は、足取りを速めた。

源蔵、伝八、手代は、路地で短く言葉を交わした。

「よし。じゃあ、何事も手筈通りなんだな」

源蔵は、手代に念を押した。

「はい……」

手代は、薄笑いを浮かべて頷いた。

「分かった。店に戻れ……」

源蔵は命じた。

「はい。じゃあ……」

手代は、足早に薬種問屋『大黒堂』に戻って行った。

「小頭……」

「ああ。伝八、不忍池に行くぜ」

源蔵と伝八は、路地から神田須田町の通りに向かった。

源蔵と伝八は、神田八つ小路に向かった。

勇次と清吉が続いた。

「手代が手引きなら、押込み先は薬種問屋の大黒堂ですか……」

清吉は読んだ。

「きっとな……」

勇次は頷いた。

源蔵と伝八は、神田八つ小路を神田川に架かっている昌平橋に進んだ。

勇次と清吉は追った。


不忍池には、托鉢坊主の読む経が流れていた。

おこまの家を囲む板塀の木戸門の前では、雲海坊が経を読んで托鉢をしていた。

板塀の木戸門が開き、おこまが紙に包んだお布施を雲海坊に差し出した。

雲海坊は、お布施を押し頂いて経を読み続けようとした。

「お坊さま、申し訳ありませんが、旦那が験《げん》が悪いと……」

おこまは、申し訳なさそうに遮った。

「それはそれは、知らぬ事とは云え、不調法な真似をしました。旦那さまにお詫びを……」

雲海坊は、おこまに謝った。

「いいえ。じゃあ……」

おこまは、雲海坊に深々と頭を下げて家に戻って行った。

「南無阿弥陀仏……」

雲海坊は呟き、おこまの家の木戸門の前から離れ、斜向かいの雑木林に向かった。


斜向かいの雑木林には、新八がいた。

「おこまが何か……」

「うん。旦那が経は験が悪いってな……」

雲海坊は苦笑した。

「罰当りが。今更、手遅れだ」

新八は、嘲りを浮かべた。

「うん。新八。それにしても、おこま、中々気立ての良い女だな」

雲海坊は感心した。

「へえ、そうですか……」

「ああ。何で怪しげな野郎に囲われたのか。運が悪かったんだろうな」

雲海坊は、おこまを哀れんだ。

「雲海坊さん。伝八です……」

新八が、不忍池の畔を来る源蔵と伝八を示した。

雲海坊と新八は、木陰から見守った。

源蔵と伝八は、木戸門の前に佇んでおこまの家に声を掛けた。

勝手口から飯炊き婆さんが現れ、板塀の木戸門を開け源蔵と伝八を招き入れた。

新八と雲海坊は見送った。

「雲海坊さん、新八……」

勇次と清吉が追って来た。

「おう。勇次、伝八たち、おこまの家に入ったぜ……」

雲海坊は告げた。

「おこまの旦那は……」

「いるよ。ありがたい経を験が悪いと抜かしやがって……」

雲海坊は苦笑した。

「勇次の兄貴、伝八と一緒に来たのは……」

新八は訊いた。

「商人宿の恵比寿屋の主の源蔵だ……」

勇次は告げた。

「あいつが、恵比寿屋の源蔵ですか……」

「勇次。どうやら、盗賊の一味に間違いないな……」

雲海坊は笑った。

「はい。清吉、源蔵と伝八の動きを親分に報せてくれ」

勇次は命じた。


不忍池の水面は輝いた。

半刻が過ぎ、源蔵と伝八がおこまに見送られて出て来た。

勇次、新八、雲海坊は見守った。

源蔵と伝八は、おこまに挨拶をして帰って行った。

おこまは見送った。

「じゃあ、雲海坊さん、新八……」

勇次は、源蔵と伝八を追った。

「気を付けて……」

新八は見送った。

「新八……」

雲海坊が新八を呼んだ。

「はい……」

新八は振り返った。

「見てみろ……」

雲海坊は、おこまの家を示した。

家の木戸門の前では、おこまが掃除をしていた。

手慣れた様子の丁寧な掃除だ。

「こうしてみると、囲われている妾と云うより、まるで奉公人ですね」

新八は、戸惑いを浮かべた。

「うん。きっとこっちが、おこまの本当の姿なのかもしれないな……」

雲海坊は、掃除をするおこまを見守った。


「押込み先は、神田須田町の薬種問屋大黒堂か……」

久蔵は、小さな笑みを浮かべた。

「はい。大黒堂には手引き役が手代として潜り込んでいるそうです」

幸吉は、清吉から報された事を告げた。

「そうか。こうなると、いつ押込むかだな……」

「はい。大黒堂に纏まった金がある時だと思うのですが……」

幸吉は読んだ。

「うむ。そいつをどうやって見定めるか……」

久蔵は苦笑した。


夕暮れ時。

神田須田町の薬種問屋『大黒堂』は、奉公人たちが店仕舞いの仕度を始めた。

着流し姿の久蔵は、塗笠を上げて薬種問屋『大黒堂』を眺めた。

「秋山さま……」

幸吉が近寄って来た。

「おう。どうだった……」

「はい。番頭の善吉《ぜんきち》さん、鎌倉河岸の傍の三河町からの通いだそうです」

幸吉は告げた。

「やはり、その手しかないか……」

「はい。刻も迫っていれば……」

「仕方がないか……」

久蔵は苦笑した。

夕陽が神田須田町の通りに差し込み、行き交う人々の足取りを速めた。

通りの両側に連なる店は大戸を閉め、僅かに通る人は提灯《ちょうちん》を灯していた。

羽織を着た年寄りが、薬種問屋『大黒堂』の裏口から出て来た。そして、通りを横切り、多町《たちょう》から三河町に向かった。

幸吉が現れ、羽織を着た年寄りを追った。


外濠鎌倉河岸には、岸辺に打ち寄せる小さな波の音が鳴っていた。

羽織を着た年寄りは、鎌倉河岸を三河町一丁目に進んだ。

「善吉さん……」

幸吉が声を掛け、羽織を着た年寄りに駆け寄った。

思わず身構えた羽織を着た年寄りは、薬種問屋『大黒堂』番頭の善吉だった。

「あっしはお上の御用を承っている柳橋の幸吉って者です……」

幸吉は、十手を見せた。

「柳橋の親分さん……」

善吉は、戸惑いを浮かべた。

「はい。不意に申し訳ありません……」

幸吉は、笑みを浮かべて詫びた。

「で、親分さん、私に何か……」

善吉は、幸吉に探る眼差しを向けた。

「はい。南町奉行所の秋山久蔵さまがちょいと訊きたい事があると……」

「南の御番所の秋山さまが……」

善吉は、久蔵の名を知っていた。

「ええ。あそこでお待ちにございます」

幸吉は、明かりを灯した一膳飯屋を示した。

一膳飯屋は店仕舞いの時を迎え、客は久蔵しかいなかった。

「やあ。呼び立てて済まないな、善吉。南町の秋山久蔵だ」

久蔵は、幸吉に誘われて来た善吉に笑い掛けた。

「いいえ……」

善吉は、緊張を滲ませた。

「実はな、善吉。大黒堂、盗人に狙われているのが分かってな」

「えっ……」

善吉は驚いた。

「それで尋ねるのだが、大黒堂は近々纏まった金が入るのはいつだ」

久蔵は訊いた。

「纏まった金にございますか……」

「うむ。盗人はその金を狙って押込む筈だ」

久蔵は睨んだ。

「あ、秋山さま……」

善吉は、緊張に喉を鳴らした。

「いつだ……」

「明後日、纏まった数の唐人参《とうにんじん》を仕入れるので、明日の日暮れ迄には、掛取り金などを集めて三百両程のお金を……」

善吉は、小さな声を震わせた。

「金蔵には、いつも幾らぐらいの金がある」

「やはり、三百両程にございます」

「ならば、〆て六百両程か……」

久蔵は読んだ。

「はい……」

善吉は、喉を鳴らして頷いた。

「ならば、盗人の押込み、どうやら明日の夜だな……」

久蔵は、不敵な笑みを浮かべた。


明日の夜、盗賊共は神田須田町の薬種問屋『大黒堂』に押し込む……。

久蔵は、おこまの家と商人宿『恵比寿屋』の見張りを厳しくするように幸吉に命じた。

幸吉は、雲海坊と新八におこまの白髪頭の旦那を、由松、勇次、清吉に商人宿『恵比寿屋』の者共を引き続き見張らせた。

薬種問屋『大黒堂』は、明日中に三百両程の金を用意し、明後日の唐人参の取り引きをする。

盗賊共は、用意される三百両といつも金蔵にある三百両、〆て六百両の金を狙って押込むのだ。


押込みの日になった。

和馬が、久蔵の用部屋に訪れた。

「おう。分かったか、白髪頭の盗人……」

久蔵は迎えた。

「はい。白髪頭の初老の盗人、どうやら木《き》更《さら》津《づ》の半《はん》七《しち》のようです」

「木更津の半七……」

久蔵は眉をひそめた。

「はい、押込み先の者を情け容赦なく殺す外道働きの盗賊です……」

和馬は、白髪頭の初老の男の似顔絵を久蔵に見せた。

「外道働きの盗賊か……」

久蔵は、似顔絵を見詰めた。

「はい。此の似顔絵をおこまの旦那の顔を見た新八に見せて来ます」

「ああ。急げ……」

「はっ……」

和馬は、似顔絵を持って出て行った。

「木更津の半七か……」

久蔵は、小さく苦笑した。


雲海坊と新八は、おこまの家を見張り続けていた。

おこまの家にいる白髪頭の旦那は、未だ動きを見せていなかった。

「雲海坊、新八、御苦労だな……」

和馬がやって来た。

「こりゃあ、和馬の旦那……」

雲海坊と新八は、和馬を迎えた。

「新八、此奴を見てくれ」

和馬は、新八に盗賊木更津の半七の似顔絵を見せた。

「あっ……」

新八は眉をひそめた。

「どうだ、おこまを囲っている旦那か……」

「ええ。間違いありません。此奴です」

新八は見定めた。

「そうか、やっぱりな……」

「和馬の旦那、此奴は……」

雲海坊は尋ねた。

「うん。木更津の半七って盗賊の頭だ」

和馬は告げた。

「盗賊の頭の木更津の半七……」

雲海坊は、おこまの家を眺めた。

おこまを囲っている旦那は、盗賊の頭の木更津の半七だった。そして、おこまはそれを知っている。

雲海坊は、盗賊の頭に囲われているおこまに哀れみを覚えずにはいられなかった。

「和馬の旦那、雲海坊さん……」

新八が、不忍池の畔を示した。

伝八が町駕籠を誘い、不忍池の畔をやって来た。

四

伝八は、おこまの家の木戸門前に町駕籠を待たせて中に入った。

和馬、雲海坊、新八は見守った。

僅かな刻が過ぎ、伝八が白髪頭の木更津の半七を誘って木戸門から出て来た。

おこまと飯炊き婆さんが見送りに出て来た。

木更津の半七は町駕籠に乗り、伝八に誘われて不忍池の畔を去って行った。

「商人宿の恵比寿屋ですか……」

新八は、伝八と半七の行き先を読んだ。

「ああ。睨み通り、今夜、押し込む気だな」

和馬は頷いた。

「和馬の旦那、あっしはおこまを……」

雲海坊は告げた。

「うん。追うよ。新八……」

「合点です」

和馬と新八は、伝八と半七の乗った町駕籠を追った。

雲海坊は、おこまの家を窺った。

飯炊き婆さんは既に家に入り、おこまが木戸門前の掃除をしていた。

雲海坊は見守った。

おこまは、箒《ほうき》を置いて木戸門の前から足早に離れた。

うん……。

雲海坊は、戸惑いながらもおこまを追い掛けようとした。

勝手口から出て来た飯炊き婆さんが、おこまのいないのに気が付き、血相を変えて追った。

どうした……。

雲海坊は続いた。


「待ちな、何処に行くんだい……」

飯炊き婆さんは、おこまに追い縋った。

「何処だっていいじゃあない。離しな」

おこまは、飯炊き婆さんを振り払った。

飯炊き婆さんはよろめいた。

「おこま。小娘の癖に。此の弁天《べんてん》のおまつを嘗めると、容赦はしないよ」

飯炊き婆さんは、白髪混じりの髪を揺らして啖呵《たんか》を切った。

「おまつさん、私は嘗めてなんかいない。旦那方が押込み先で人を殺《あや》めるのが堪らないのです。止めさせたいんです」

おこまは、必死の面持ちで告げた。

「だから、役人に訴え出ようってのかい……」

おまつは読んだ。

「ええ。押込みを止めさせれば、人は殺されないで済むんです。だから……」

おこまは声を震わせた。

「お黙り……」

おまつは遮った。

おこまは怯んだ。

「貧乏人の小娘が、旦那に拾って貰って良い思いしている癖に、巫山戯《ふざけ》るんじゃないよ」

おまつは、匕首《あいくち》を抜き放った。

「おまつさん……」

おこまは後退りした。

「旦那の邪魔させないよ」

おまつは、匕首を握り締めておこまに迫った。

おこまは、恐怖に震えた。

「此れは此れは、お取込み中ですかな……」

雲海坊が現れた。

「お坊さま……」

おこまは、微かな安堵を過らせた。

「何だい、坊主……」

おまつは、雲海坊を睨み付けた。

「婆さん、その手に握るのは、匕首より数珠《じゅず》が似合っているな」

雲海坊は笑った。

「煩《うるさ》いんだよ。糞坊主……」

おまつは吐き棄てた。

「罰当りな、婆さんだな……」

雲海坊は苦笑し、錫杖《しゃくじょう》の石突《いしづき》をおまつの鳩尾に素早く叩き込んだ。

おまつは、顔を歪めて呻き、気を失って崩れ落ちた。

「お、お坊さま……」

おこまは、戸惑いを浮かべた。

「お役人の処に行きたいのだな」

「は、はい……」

おこまは頷いた。

「ならば、拙僧が良く知っているお役人を引き合わせよう」

雲海坊は笑い掛けた。


商人宿『恵比寿屋』の前に、伝八と町駕籠が着いた。

由松、勇次、清吉は、神田川に架かっている和泉橋の袂から見守った。

町駕籠から白髪頭の初老の旦那が下り、伝八と『恵比寿屋』に入って行った。

「白髪頭の初老の旦那か、盗賊の頭のお出ましだな」

由松は睨んだ。

「ええ……」

勇次と清吉は頷いた。

「由松、勇次、清吉……」

和馬と新八が、和泉橋からやって来た。

「和馬の旦那……」

由松、勇次、清吉は迎えた。

「白髪頭の年寄り、木更津の半七って外道働きの盗人の頭だ」

和馬は告げた。

「木更津の半七……」

由松は眉をひそめた。

「ああ。で、恵比寿屋には何人いる」

和馬は尋ねた。

「亭主の源蔵に伝八、手代、客が三人。それに半七。都合七人です」

勇次は告げた。

「それに、大黒堂に手引きが一人の八人か……」

和馬は読んだ。

「はい……」

勇次は頷いた。

「よし。清吉、此の事を秋山さまにお報せしてくれ……」

和馬は命じた。

「承知。じゃあ……」

清吉は、和泉橋を渡って南町奉行所に向かった。

「和馬の旦那。大黒堂の押込み迄、待ちますか……」

「由松、そいつは秋山さまがお決めになるさ」

和馬は笑った。


日差しは、武者窓から埃を巻いて差し込んでいた。

おこまは、南町奉行所の門番所の板の間に待たされていた。

雲海坊は、門番頭と親し気に言葉を交わしておこまを門番所に待たせて立ち去った。

僅かな刻が過ぎた。

「待たせたね……」

雲海坊が、久蔵を誘って来た。

「こちらは、吟味方与力の秋山久蔵さまだよ」

雲海坊は、おこまに久蔵を引き合わせた。

「お、おこまにございます」

おこまは、慌てて手をついて挨拶をした。

「おこま、盗賊の木更津の半七の外道働きを止めたいそうだな」

「はい。秋山さま、木更津の半七、今晩、神田須田町の薬種問屋の大黒堂に押込もうとしています。どうか、止めさせて下さい」

おこまは、久蔵に頭を下げて頼んだ。

「おこま……」

「止めさせなければ、押込み先の人が殺されます。お願いです。どうか、木更津の半七をお縄にして下さい」

おこまは、懸命に頼んだ。

「安心しな、おこま。木更津の半七はお縄にするよ」

久蔵は頷いた。

「ありがとうございます」

おこまは、安堵を浮かべた。

「その替わり、おこま。お前も盗賊木更津一味の者としてお縄になる……」

「はい。覚悟はできています」

おこまは、久蔵を見詰めた。

「よし。処でおこま、お前は何故に半七に囲われたのだ」

「はい。五年前、奉公していたお店が潰れて困っていたら、おまつさんって人に女中奉公の口を世話して貰い……」

「その奉公先が木更津の半七の江戸の隠れ家だったのか……」

「はい。そして二年前、半七に手籠《てご》めにされて……」

おこまは、辛そうに告げた。

「半七の野郎、孫のような娘を……」

雲海坊は吐き棄てた。

「それで囲われるようになったか……」

「はい。その時、私は何もかも棄てました……」

おこまは項垂れた。

「何もかも棄てた……」

久蔵は眉をひそめた。

「はい。奉公先のお店が潰れた時、五年後の同じ月の同じ日の別れた刻限に日本橋の高札場で逢おうと、仲の良かった朋輩とのささやかな約束も棄てました……」

おこまの眼に涙が溢れ、ぽとりと零れた。

「よし、おこま、お前の気持ちは良く分かった……」

「秋山さま……」

おこまは、久蔵に深々と頭を下げた。

「後は、此の秋山久蔵が引き受けた」

久蔵は微笑んだ。

「秋山さま……」

清吉が門番に誘われて来た。

「おう。どうした清吉……」

雲海坊が尋ねた。

「はい。奴らが商人宿の恵比寿屋に……」

清吉は報せた。

「よし……」

久蔵は、不敵な笑みを浮かべた。


神田川の流れに夕陽が映えた。

商人宿『恵比寿屋』は大戸を閉めていた。

和馬、由松、勇次、新八は、商人宿『恵比寿屋』を見張り続けていた。

商人宿『恵比寿屋』には、木更津の半七と伝八が入ってから人の出入りはない。

「和馬の旦那……」

清吉が、和泉橋を渡って来た。

「おう。どうした清吉……」

「はい。秋山さまと薬種問屋の大黒堂を見張っていた親分が南の橋詰に……」

清吉は、和泉橋の南詰を示した。

「よし。由松、勇次、此処を頼む……」

和馬は、和泉橋の南詰に急いだ。

和泉橋の南詰には、久蔵、幸吉、雲海坊が来ていた。

「秋山さま……」

和馬は駆け寄った。

「和馬、木更津の半七一味は……」

久蔵は尋ねた。

「木更津の半七と源蔵、伝八たち手下が四人。合わせて七人……」

「よし。和馬、柳橋の、皆を連れて表から踏み込め。俺と雲海坊は裏から入る」

「心得ました」

「相手は散々外道働きをして来た盗賊だ。容赦は無用だ」

久蔵は命じた。


新八と清吉は、商人宿『恵比寿屋』の潜り戸を蹴破った。

潜り戸は音を立てて弾け飛んだ。

勇次と由松が踏み込み、新八と清吉が続いた。そして、和馬と幸吉が踏み込んだ。

帳場に出て来た伝八たち手下が驚き、立ち竦んだ。

「南町奉行所だ。盗賊木更津の半七一味の者共神妙にお縄を受けろ」

和馬は怒鳴った。

「煩せえ……」

手下たちは喚き、長脇差や匕首を抜いて勇次や由松に襲い掛かった。

「馬鹿野郎……」

勇次が先頭の手下を十手で叩きのめし、由松が二人目の手下の長脇差を持つ腕を角手《かくて》を嵌《は》めた手で押さえ、鼻捻で殴り飛ばした。

二人の手下は、飛ばされて壁に激しく当たって倒れた。

商人宿『恵比寿屋』が激しく揺れた。

新八と清吉は、二人に素早く縄を打った。

残る手下たちは奥に逃げた。

和馬、幸吉、由松、勇次が追って奥に進み、新八と清吉が続いた。

伝八と二人の手下は、頭の木更津の半七と源蔵を逃がし、和馬たちに打ち掛かった。

和馬は、伝八を十手で叩き伏せ、蹴り飛ばした。

伝八は、悲鳴を上げて飛ばされた。

残る二人の手下は怯んだ。

「神妙にしな……」

幸吉、由松、勇次、新八、清吉は、二人の手下に襲い掛かった。

木更津の半七と源蔵は、座敷の縁側から庭先に逃げた。

「木更津の半七……」

久蔵が呼び止めた。

半七と源蔵は立ち止まった。

久蔵が現れた。

「お前さんは……」

半七は、身構えて久蔵に怒りの眼差しを向けた。

「私か、私は南町奉行所の秋山久蔵って者だ」

久蔵は告げた。

「秋山久蔵……」

半七は、老顔を恐怖に醜く歪めた。

「木更津の半七、外道働きに、孫のような妾、年甲斐のない真似も此れ迄だ」

久蔵は冷笑した。

半七は、激しく震えた。

源蔵が、身を翻して逃げようとした。

雲海坊が現れ、錫杖を唸らせた。

源蔵は、横面を激しく殴り飛ばされて倒れ、転がった。

「秋山……」

半七は、長脇差を抜いて久蔵に斬り掛かった。

「外道……」

久蔵は、半七に抜き打ちの一刀を放った。

閃光が走り、血煙が散った。


盗賊木更津の半七は、久蔵に斬って棄てられた。

源蔵や伝八たち手下は、薬種問屋『大黒堂』に潜り込んでいた者やおまつも含めて死罪に処せられた。そして、久蔵はおこまを盗賊木更津一味の押込みを報せた功に免じて無罪放免にした。

日本橋は多くの人が行き交い、高札場は賑わっていた。

高札場の片隅には、甘味処『もみじ』のおすずが今日も人待ち顔で佇んでいた。

和馬と雲海坊は、おこまを伴って物陰からおすずを眺めた。

おこまは、固い面持ちでおすずを見詰めた。

「おこま、おすずは約束の日が過ぎても、ああしてお前の来るのを待っている」

和馬は告げた。

「おこま、おすずは信じているんだ。仲良くしてくれた朋輩のおこまを……」

「でも、私は……」

「おこま。本当のお前自身に戻る為にも、おすずに逢うんだよ」

雲海坊は、云い聞かせた。

「雲海坊さん……」

おこまは涙を零した。

「さあ、涙を拭いて、行くんだよ」

雲海坊は、おこまの背中を押した。

おこまは、物陰から出た。

おすずは、物陰から現れたおこまに気が付き、怪訝な眼を向けた。